蘇煒 著

澄齋再稿

南方傳媒
廣東人民出版社
·廣州·

圖書在版編目（CIP）數據

澄齋再稿 / 蘇煒著 .— 廣州：廣東人民出版社，2024.5

ISBN 978-7-218-17562-1

Ⅰ.①澄… Ⅱ.①蘇… Ⅲ.①古體詩—詩集—中國—當代 Ⅳ.① I227

中國國家版本館 CIP 數據核字（2024）第 088487 號

CHENGZHAI ZAIGAO

澄齋再稿

蘇　煒　著

出 版 人： 蕭風華

責任編輯： 李力夫
責任技編： 吳彥斌
裝幀設計： 高夢潔

出版發行： 廣東人民出版社
地　　址： 廣東省廣州市越秀區大沙頭四馬路 10 號（郵政編碼：510199）
電　　話：（020）85716809（總編室）
傳　　真：（020）83289585
網　　址： http://www.gdpph.com
印　　刷： 北京彩虹偉業印刷有限公司
開　　本： 880mm × 1230mm　1/32
印　　張： 7.75　　**字　　數：** 149 千
版　　次： 2024 年 5 月第 1 版
印　　次： 2024 年 5 月第 1 次印刷
定　　價： 68.00 元

自序：為詩我亦白劉體

『為詩我亦白劉體，風調衷情入淺真。』這是我在拙詩《滬澳春行》所言，同時為此加了如下一個小注：

中唐劉禹錫、白居易時相唱和，世稱『劉白』。清人沈德潛《唐詩別裁集》謂：『劉白』難並，『實劉以風格勝，白以近情勝，各自成家，不相肖也。』在我看來，『劉白』之『肖』，在其都具『意淺句深，字白情真，直見性命』的特點。

藉此生發，也不妨把『意淺句深，字白情真，直見性命』視為自己學詩習詩的得悟之見，並以此為本拙著作開篇立題吧。

學詩習詩多年，自《袞雪廬詩稿》成書後，還曾儼然以『古體詩人』的身份，越洋受邀出席過2018年春天的『上海詩歌節』。記得，我曾在詩歌節研討會上發言，題為：是『古人寫今詩』還是『今人寫古詩』？回顧自己近年學詩習詩的历程，面對傳統中國詩道的當代傳承課題，我確是主張：一、『古體詩詞』姓『古』，循古譜古律古調，寫出古韻古趣古意，此乃『古體詩詞』（恕我不用『舊體詩』這個貶稱）的『題中應有之義』。所以，詩詞創作，我堅持要『靠譜』——重視律絕、詞牌的音律平仄，以平水韻為律絕及古風體

的用韻基礎，詩語以『雅正』『溫柔敦厚』為上，遵循和呈現律絕、詩詞的不同文體特性等等，以此作為詩詞寫作入門的第一臺階，也是『傳統詩道的當代傳承』的第一要義。其二呢，我一方面是主張『今人寫古詩』，即以『今人』的視界、情感與題材入詩，因此對當今詩詞界某些一味主張仿古、擬古、似古，以『亂真古人』為最高評判標準的主張（他們自稱『古墓派』，幾成『主流』觀點呢），持旁觀、異議的態度。同時另一面，我個人又不喜歡『老幹體』『打油體』的路數，堅持以『雅正』為標，以『詩味』為本，既不喜走『西昆體』式的詰奧用典舊路，又不主張追時應景，以標語口號、時語俗語入詩，所以，就形成了個人『為詩我亦白劉體』的追求，這個話題牽涉多面，或許需要稍稍加以展開的討論。

我在『步杜甫韻之《秋興八首》』組詩中寫了個小序，中云：

鋪開詩路長卷，從唐詩漢詩到楚辭詩經，古人都有『好罵』的『詩史』傳統啊。黃庭堅寫給他外甥洪芻信曾言：『東坡文章妙天下，其短處在好罵，慎勿襲其軌也。』而我贊同今日之傳統詩體的寫作與傳承，必須與當下生活結合方能葆有真正生命力的。但我又每每在『時語』與『詩語』之間輾轉，雖有『當下』寄託，但仍力求以詩語出之。或許，這也是我于老杜《秋興八首》中之所得所悟吧。

古人的『詩史』之說，其實就是以詩紀史，以詩句紀錄當代當世故事。杜甫的『三吏三別』，

就是老杜當時的『罵』，也是『詩史』的代表作。所以，當代以『打油體』立派成軍的聶紺弩，才會在千歲詩史的萬詩之林中孤峰獨聳，成為我稱之為『不可無一，難得有二』的奇葩奇觀。完全可以這麼說，一種藝術形式，能不能與當代、當世人及其生活與生命發生聯繫，是這種藝術形式的生存依據和生命力的表徵。古體詩詞的創作曾在二十世紀經歷過一場被時代激流沉埋、被主流暗沒的歷程，她的頑強生命力，全就得自於她不朽的藝術形式（包括句法、格律、意境等等），始終可以與當代人、當時人的真實感情紐帶共存——從魯迅、毛澤東到郁達夫、聶紺弩、陳寅恪的詩詞創作，無不體證這一點。當世生活、當代情感和當代表述，其實是個『能量現場』，也是藝術生命的源頭活水。傳統詩道的傳承，如果離開了這個源頭活水，忽略了『當代性』與『當下性』的表述，其實就遠離了『能量場』，失去了生命力的根基；如果衹求『亂真古人』，也就談不上傳統詩道在當代脈絡清晰、真實可見的『傳承』。

然而，詩道，也是詩海。『海納百川，有容乃大。』就像唐詩之海，李杜韓柳白劉各流聲異、各花呈豔；宋詞之海，柳歐蘇辛秦姜同樣的各樹奇壯、各芳俱馨一樣，到了近時今人愈來愈重視的清詩、清詞甚至民國詩詞，無論『復古派』『性靈派』或『載道派』『言情派』等等，其實也都各據高壁、各呈極態，納蘭性德多少年的持續走紅以至今日成『網紅』之姿，正是某種『極態』），都說明了一點——古體詩詞這一藝術形式，有足夠廣

泛的可能性和包容性。今天，任何一種藝術風格（包括『古墓派』『打油體』『老幹體』等等），都應該有，也可以有它的存在空間。所以，儘管如上述，我個人既不喜歡『古墓派』也不喜歡『老幹體』『打油體』，但崇尚追隨這諸般各體的寫手高手，也都不妨在自己鍾愛的演武場上飄纓飛戟，『耍出花』來，絕無需要祇崇一法一體的道理。但是——又來了一個『但說』，正如王國維《人間詞話》為千古詞學定出了一個新標杆——『意境』與『境界』一樣，古來先賢各種詩話詞說，都匯流出來、積澱下來重重厚厚的藝術風標和歷史流向。萬流歸一，我也斗膽提出一個新標杆（其實是老標杆），就是——『喜聞樂見』。詩詞作品，需要受眾的『喜聞樂見』。有『喜聞樂見』，方可源遠流長，這也是『傳承』一詞的『本體』意味。『詩』，是什麼？『詩』，其實就是『說』——對這個世界，詩人（寫作者）有話要說。說話，是要有人說，也要讓人聽的。古來詩道的各種標準尺規——無論『思無邪』『溫柔敦厚』『興觀群怨』到『文以載道』『詩以言志』『沉鬱頓挫』『性靈』『意境』等等，其實都是各種『說』，最後，也都離不開這個——『喜聞樂見』。如果沒人聽的『說』，『說』就不存在了。那些讓人聽不懂、不知所謂的『說』，儘管可以有『小眾』存在的空間，其『說』的意義，也就大打折扣了。『喜聞樂見』，就是讓人見字如面，聞之順耳，讀之入心，就是今天說的『接地氣』。所以，

中國作為千古詩國，古來那些今天仍讓人朗朗上口的詩詞名篇名句，大都是詩意明晰、詞句淺白、讓人過眼難忘的。說句得罪人的話，不能做到『喜聞樂見』，這，恰恰是百年新體詩迄今最大的一道硬傷。這就派生出我的一個這裡不打算展開的觀點：我認為當代和當下最好的新體詩——也是中國傳統詩道的現代傳承——基本體現在從崔健的《一無所有》《苦行僧》等等到方文山等位的歌詞，再到今天唐恬、毛不易的《孤勇者》《人世間》《像我這樣的人》等等新創歌詞上。這也是2016年諾貝爾文學獎，為什麼會頒發給寫下名曲《風中飄》等歌詞的鮑勃·狄倫的原因。這個話題很大，也許需要另文詳述。因之，我堅持——談『詩道傳承』，古體詩詞的寫作一定要走貼近大地、貼近草根之路，也就離不開這個『白劉體』的『意淺句深，字白情真，直見性命』；同時，『言之無文，行之不遠。』詩之為詩（而不是散文、日記、社論、日常談吐等等），就須用雅訓雅言，循『雅正』詩路，以詩語詩境出之。這，就是我個人的學詩習詩之路，既不走擬古、泥古之道，又不主張學『老幹體』『打油體』的路數，而堅持在其中走出質實、雅正、不是『今人寫古詩』而是『今人寫古詩』的『中道』之見。——由此觀之，拙著諸作的有感而發，但求句清境遠而直抒胸臆，不避感時論事卻也不將『好罵』成習，不避用典卻也不惟『典』是從，終歸以詩語詩境為本，正是堅持這麼一種『中道』的為詩實踐吧。

『律絕易為，詞深難測，新詩路遠。』這是我學詩習詞的一點心得。具體說來，律絕二體因為規則清楚——平仄格律聽起來似乎很難，其實衹需真正邁入門檻，便可以隨意言所感、記所思，可以順筆為之，故本集詩稿中，也以律絕為寫作主體。詞作呢，因為詞譜繁複而音律更細，特別是在對詞譜（包括正體異體）不太熟悉的情況下，你就非得正襟危坐，照譜填詞，動吟再三而無以為之，所以日常忙碌間，便鮮少為詞。新詩呢，雖是早年自己邁入文學殿堂的第一道臺階，卻因當下新詩潮的無規則可循，要寫出『拿得出手』的新體詩，真是談何容易。所以在新詩領域，除帶韻的歌詞還敢涉足一二外（歌詞也屬『新體詩』，我執著持此見，詳見後述），餘皆視為畏途，不敢『下海』也。本集子的附錄收入了近年三數『新體詩』習作，也可從中看出作者的艱難跋涉吧。說到這裡，也順便道出詩詞兩體寫作的某種甘苦感悟：時有熟友文友直言于我——老兄之詞作雖不多，就藝術質地而言，卻似乎詞勝於詩。以我之私見，其實是——詞易藏拙，而詩卻易露怯；為詞可以『蒙混過關』，為詩卻須『字字見真章』。或許，這正是詩詞文體的區別吧——詩言志，詞言情。詞為情生，又為長短句，衹要『靠譜』（循譜填詞），抒發起來便易於自由揮灑；詩之五言七言（包括四言六言），格式簡易，其景語情語理語的交錯與起承轉合的節奏起落，卻尤考落筆之底蘊與功力。或許是因為這個緣故，以『蘇辛』

名世的一代詞宗辛棄疾，就詞作的質地與數量而論，或乃『蘇不如辛』；但蘇公東坡堪稱『詩詞俱佳』，兩體皆有眾多傳世佳作；而辛棄疾呢，詞作之林多有偉岸喬木，辛之詩作，能流傳後世而今人可憶記念誦的，則就寥寥無幾了。不過，說了歸齊，仍是萬流歸一，無論為詩為詞，俱為心聲傾吐。詩文乃至情之音，無感無思，不可為詩成文成詞也！

這本集子定題《澄齋再稿》，自然是有按寫作時序再結集的意思。所以此書的編輯體例，不按一般詩詞集的詩與詞兩體分置的方式，仍舊是按寫作時序的兩體混合順編下來，這也是循上編書稿的體例，同時也有『詩詞一體皆為詩』的意蘊寄託。以往詩集內酬唱類的作品，一般都不附錄原玉詩作，本書也大體依舊例；衹是在幾首分量略重的作品後面附上了原玉，其他步韻和應的作品則仍舊省略了原玉，這是需要稍加說明的。習作後面加了兩個『附錄』，其一『新體詩』已如前述，另一聯句附錄，也是循『衰雪廬』前書的舊例也。全書收存的習作數量略遜於前集，可見是近年詩思詩興略呈遲滯之過，至於本書詩作質地的孰優孰劣，就更有待各位方家詩友的指教了。

——是為序。

二〇二二年十二月十九日，歲末結筆于耶魯澄齋與康州衰雪廬

目錄

聞母校中山大學『廣州論壇』之邀有感

何事春風拂柳堤，秋光已渡禹門西。
客心久習連宵雨，驛夢忽消滾雪泥。
玉笛空山輕遠近，壯懷歸路淡高低。
平生逆旅多歧路，又轉煙蒼十里溪。

二〇一一年十一月八日，寫畢發言提綱後急就於耶魯澄齋

畢業三十年後與師長同學康樂餐廳嘯聚記感①

大謝亭廊放浩歌，忽從冰雪擁青螺；
講壇小謝再清發，浪峽雛舟新渡河。
雲樹蒼蔭哺眾我，沃泥春水舉千荷。
感師未問鹽齏事，②止箸默聽松竹歌。

①魏晉南北朝詩人謝靈運與謝朓，世稱大謝、小謝，為中國山水詩開山祖宗。謝靈運又名謝康樂，中大校園康樂園得名於此。

②鹽齏，粗簡食物，喻清貧艱困。

二〇一三年七月二十八日與黃天驥、金欽俊師並一眾學弟學妹久別重聚于康樂園，二〇一四年一月十九日補記。

青春三遇之歎

二〇一一年八月深圳舉辦第二十六居世界大學生運動會，深圳音樂廳上演知青組歌《歲月甘泉》，曰『青春相遇之夜音樂會』。席間為劉中國師弟舊藏《紅豆》題詞：『如晤故友，如撫故土，如吻故情，如擁故夢。——「故」主編蘇某』。大運會為『青春盛會』，《歲月甘泉》乃『青春之歌』，《紅豆》則為舊歲中山大學校園之『青春刊物』，此『三遇』一之謂也。

無復童山髻髮青，歌鐘響處千眸明。

星星瞳閃膠燈影，颯颯耳徊號子聲。
筆歷捲翻風骨立，琴經弦折徹心鳴。
雞蟲蠻觸劫波盡，①相惜相知電露霆。②

①蠻觸，典出《莊子・則陽》篇。說有建立在蝸牛角上的國家，右角上的叫蠻氏，左角卜的叫觸氏，雙方常為爭地而戰，伏屍數萬。喻指為小事而爭鬥者。

②《金剛般若波羅蜜多心經》：『一切有為法，如夢幻泡影，如露亦如電。』

二〇一四年一月二十日，於康州哀雪廬。

題劉中國學弟舊藏容閎博士一九〇九年原版之英文自傳《西學東漸記》（*MY LIFE IN CHINA AND AMERICA*）

容閎，廣東香山人，乃首位耶魯中國畢業生，為近代中國走向世界第一人。筆者當日的扉頁留言是：『有幸成為容閎先輩的耶魯傳人，我任教耶魯迄今已十數載也。「容閎」的名字是我在課堂上重複頻率最高的中文姓名，容閎此書的中譯篇名《西學東漸記》，也是我在授課中要求學生記誦的中國現當代史的關

鍵字之一。今天看到這本初版和原版的《西學東漸記》（為劉中國學弟珍藏），有一種撫弄故人手澤的溫潤感和仰止之情。記得我常常在校園内向过往旅人指點介紹哪一棟樓、哪一扇窗曾染上過容閎的燈火，今天這燈火就在手下的這本珍本上持續燃燒，並將燃燒永遠。』劉中國學弟與黃曉東合著《容閎傳》出版於二〇〇三年；次年，珠海市向耶魯大學贈送容閎博士銅像。

掀扉驀見舊風神，鴂語鄉音帶土親。①
投枕惟追搏海夢，守書猶見照燈痕。
巉然湘棘存知己，幸也粤風有繼人。②
愧欠先生三萬里，迷津待渡尚初辰！③

①鴂（決）語，難懂的語言，此處指洋文。
②容閎自耶魯學成歸國後，曾為中國須走向世界上書清廷，幾經周折，後得湘籍重臣曾國藩的支持，遂率百餘『晚清留美學童』赴美，仍以耶魯為第一驛站。此乃近代中國第一個『公費留學生』計畫也，後因清廷的顢頇保守而中途夭折。詹天佑、唐紹儀等清末民初知名人物皆出於此批學童。容閎在戊戌政變後流亡美國，在辛亥革命成功之時病逝康州，來不及

看到孫中山先生親筆寫給他的邀赴共和重任的手諭。

③常言，『去國萬里』。先生為國而三度去國，故曰『三萬里』也。

二〇一四年一月二十一日，於耶魯澄齋

行香子·賀友重生

好雨吹塵，川野如新。過荒溪，讀雪披雲。平蕪霜撫，山展礫痕。感谷風冷，嵐泉暖，世情真。

皓月淩波，晚照輕匀。客來時，梅酒重溫。英雄莫論，丘壑成文。品淚中歌，濤中笑，詩中魂。

二〇一二七月一日晨急就于康州衮雪廬

木蘭花慢·海①

——看美國攝影師道爾頓·珀特拉攝暴風雨前後的大海有感

正潮徊野岸，浪吞日，水爭天。便推壓磐雲，遮星阻月，黑氣橫肩。誰邊，舉雷滾火，驟龍飆虎跳勁抽鞭？才歷傾山倒宇，慣經急鼓繁弦。

蹁躚，淡蕩話顛連。浩莽自山川。看濤激為聲，分峰造壑，有容成淵。拳拳，竟將怒海，化飄瀟雪蕊送舟船。回望波疲湧倦，惜今月滿花妍。

①此詞牌有多種變體，擇其一從之。

二〇一四年七月二十七日午後于康州袞雪廬

送馬迎羊二首

——用燕姐韻

一

汗漫浮生歲月磨，征鴻羽翰久蹉跎。
花開危谷催春早，雪擁窮關兆瑞多。
韋絕硯穿憂幾許？甘肥乳厚幸如何？
人生但惜蠅頭福，嶓頂蒼顛有綠蘿。

二

娟娟笑靨朗朗天，蕩蕩乾坤浩浩年。
羊泰馬飛迎送往，泉清水暖海河川。
思家每憶慈闈囑，許國難辭墨面緣。
檢點囊中嶙礫句，人生再續劍琴篇。

二〇一四年十二月三十日晨于康州衮雪盧

再詠康宜老師之『秀色可餐圖』

——和正果兄

經霜秀紫再加餐，[1]雪裡芳馨挺戾寒。
脱盡羈塵煙火味，晚香素淡勝朱顔。

①加餐，用《古詩十九首》句義：『棄捐勿復道，努力加餐飯。』

二〇一四年十二月七日晚於哀雪廬

悼念『詩叔』曾敏之伯伯

詩心織錦賦華年，詩路鴻鋪碧海天。
玉質雲顔雪態立，丹心厚德真言傳。

二〇一五年元月五日記于耶魯澄齋

詩心一說

——和正果兄『孤島吟』

付與高山滄海心，龍吟虎嘯古猶今。
莊騷醉醒青衫薄，李杜行藏白雪深。
人世悲歡千壑水，斯民歌哭萬家音。
星移斗轉袖襟裡，醉寫斜陽一線金。

二〇一五年一月十五日，耶魯澄齋

浩歌心語

——在耶魯聽聖彼德堡馬林斯基合唱團

林莽溪山漠漠愁，烏雲疊皺水西流。
浩歌一曲驚天宇，滄海八方住寇仇。

小草荒原珠露透，大江淵峽浪花柔。
如綃心語如霜降，染紫千岩萬壑秋。

二〇一五年一月十八日于康州衮雪廬

知青二題

——為《歲月甘泉》北加州灣區演出而記

一

天寒路漫感荊榛，未享芳華也是春。
塵土山川耕歲月，風雲驛旅負娘親。
別時針線饑時粟，汗裡夯歌雪裡人。
社鼓村簫催曉夢，霜岩鐵石鑄真身。

二

一揮汗淚送華年，又誦琴歌碧海天。
未老青山識舊面，猶抒燈火照新泉。
底須問倦西西弗，[1]尚有志存浩浩淵。
北雁南鴻高誼匯，霞滿蒼灣月滿川！

二〇一五年一月十三日急就于耶魯澄齋

①西西弗，法國作家加繆筆下的巨人，日復一日推著巨石上山，巨石滾下來，再推上山。

一剪梅·『雅』之緣

——新歲借韻答雅蒜

潮岸輕撫歲月瀾。浪語飄柔，帆影姍姍。濤飛海立又誰知？
一失知音，萬里歌殘。
旅屐生雲水吐煙。才別臨安，又遠幽燕。晴霓霽雨漫相牽。

執手年年，揮手年年！

二〇一五年元月三日夜于康州哀雪廬

雪霽生辰有寄

有緣人自有厚福，厚德深為載之。生日互勉吧！

——寫給相距 34 年而生辰同日的晚輩小友

銀漢搖落碧玉冠，①掀天豪雪動江幹。
雲流風發悲英絕，伐鼓撞鐘感路難。
厚德深緣歸厚土，飛觴遙思逐飛瀾。
何當植愛吾人國，蘭慧菊心同寫丹！②

①記者被喻為『無冕之王』。生辰恰值大雪日，傳來被 IS 擄為人質的日本記者後藤健二被殺的消息。一早打開電腦，各方網頁都刊載著這位年輕逝者的笑臉照片，後藤的遺言：『憎恨並非人的工作』，令人動容。

②整個生日完全被後藤健二的故事所籠罩。仁者之逝托起了生者之福，自壽詩於是寫成了悼亡詩，悲耶？幸耶？

二〇一五年二月三日晨于耶魯澄齋

北地早春

春山孕綠水汪汪，雨奪春聲鮮畫廊。
彩筆涵蒼揮卻澀，彤雲點翠散猶藏。
掃階殘雪惜朝履，拂面新絲戀晚塘。
天際蟄雷沉壑底，新霜一地擁初陽。

二〇一五年三月五日，元宵夜記

菩薩蠻・春讀（三首）

一

綿綿密密廉纖雨，寫諸大塊蒼原紙。書筆閱沉浮，雪浪千古流。①
柳黃雲白處，山對風低語。於此寄蒼蒼，暮潮吟大江。

①前曾有句曰：『忽從雪浪悟東坡』。

二

長空雁叫催人老，春心春事行宜早。驛路問人歸，楊花如雪飛。
蟄龍雷電激，山海無顏色。鑄錯覆舟人，斑斑青史陳。

三

冰消雲解高天鎖，寒催月瘦灘礁裸。海闊浪吞空，升沉彈指中。
山川故井邑，鼎漏魚龍濕。陵谷變無痕，詰難今古人。

二〇一五年三月二十日，古俗曰：『二月二，龍抬頭』，晨讀有感，于康州哀雪廬

賀鼎公九十壽

——讀王鼎鈞老新作《詩手跡》有感

詩心詩道直如弦，[1]一撥琴歌廓海天。
洛水禹岡詩脈遠，莊騷李杜詩峰妍。
家山萬里詩舟渡，風雨三生詩路緣。
九十詩翁詩筆健，詩聲詩卷再年年！

二〇一五年三月九日晨讀即就，于康州哀雪廬

①《詩經・小雅》：『周道如砥，其直如矢。』

清明念遠

滄波倦客楚狂身，細雨雞鳴入夢頻。
嫩蕊春衣珠滴露，遠人秋帽線留紋。

荒宵醉醒雪飄岸，野早香銷聲滿津。
樽酒淡凝天上影，細斟淺酌念親淵。

二〇一五年四月五日，清明日暨復活節晨，記于康州哀雪廬

春行

久別普林斯頓，夜宿頭晚竟無眠有記

春船載綠犁江天，鱗羽翻飛香翠鮮。
煙峽芽枝漲粒滿，風窗雨柳拂波連。
久辭白鶴久思遠，一撚青燈一悟緣。①
雪劍霜弓求入夢，玉床霞館竟無眠！

①套借陸遊句意：我坐白鶴館，燈青無唔言。

二〇一五年四月二十七日晨于耶魯澄齋

送充和先生遠行

未論相知未忘年，尊師舉盞雪光前。①
心寧清硯磨悠歲，舍靜琴歌澈曉天。
素月冰華淡淡抹，綸巾水袖低低旋。②
飄然一別煙雲散，醉墨酣詩是故緣。③

二〇一五六月一七聞訊夜記

①曾有小文《張門立雪》《古墨緣》記寫攜洋學生隨充和老人習字學詩並同賞古墨事。
②「淡淡抹」（三仄尾）、「低低旋」（三平尾）相對，可否視為「拗救」？明知犯忌，刻意不改也。
③套借蘇軾《鵲橋仙》句意：「相逢一醉是前緣，風雨散、飄然何處。」

歐行偶拾（六首）

新天鵝堡

病鶴翔雲璨頂丹，奇哉夢堡立孤山。
白雪霞披煙塔頂，碧潭鵝唱虹粼間。
癡歌醉韻徽宗調，棄利存頑後主冠。①
雁唳空廊殤逝影，清笳萬古吊征鞍。

①宋徽宗，李後主，皆中國歷史上之『藝術至上』的『亡國之君』。重文輕武，國政頹懈，一若這位面容俊朗、耽於修建夢幻城堡而不得不臣服于普魯士人的最後的巴伐利亞國王路德維希二世。

二〇一五年七月三十一日于康州衮雪廬

國王湖船歌

浪割青雲波捲刀，千山裁我錦霓袍。
醉橈載酒琉璃水，倦足踏歌碧玉濤。
莫紮曲間風月淡，恒伊笛裡韻思高。
夏潮冬雪靜澄透，白練垂天誦雅騷。

二〇一五年七月四日起筆於奧地利，八月四日完篇于康州衮雪廬

莫札特故居①

一任天真縱管弦，俏歌俊韻醉年年。
曲清殿宇風清世，月鏡池庭琴鏡川。
久昧龍騰虛鉄堡，常聆鳳唳助吟鞭。
江聲猶自生雄闊，得得馬蹄醒倦眠。

①臨江的故居一隅有沙發　耳機供聽莫氏選曲。旅途倦甚，古曲縈耳，窗外過往的是旅遊馬

車的得得蹄聲，一時竟有醉眠高古之想。

二〇一五年七月十日起筆於薩爾斯堡，九月十五日完篇於衮雪廬

答謝德國歌友詩友

——賀《歲月甘泉》歐洲首演成功

擊筑叩桐抒國風，側身天地大江東。
一樓花蕚騰雲去，萬疊歌潮沸宇中。
破棘足音沉夢遠，經霜老樹染峰紅。
瀟瀟夜雨過洋陸，古堡晨鐘拱霽虹！

二〇一五年七月十二日演出翌日起筆，七月十九記畢于康州衮雪廬

萊茵河上『晤』趙元任

旅途中與華盛頓歌友周君夫婦同行，周君為漢語言學泰斗趙元任之外孫，在萊茵河遊船上與我共賞眾多歷史圖片與先賢風華。

雄談一席對萊茵，疊浪滔滔喚逝魂。
荻筆沙篇勘古調，狸毫犀管構經綸。①
為渠因此師夷技，教我如何不落貧。
海涅灣頭哥特堡，蘿蕾萊唱曲風新。②

①荻筆沙篇兩句，用宋人歐陽修典。修幼時家貧，其母以荻草作筆、沙地作紙教他習書認字。而歐陽修的先祖，卻是握犀管狸毫作書的唐代大書家歐陽詢。趙元任為清代『乾隆三大家』之一趙翼的後人，以田野考察的方式記錄並熟習各地方言，最後建構成現代漢語的理論系統。為注音符號（中文拼音的前身與基礎）的創構者，同時也是中國現代音樂的奠基人，有《教我如何不想他》等名曲傳世。

②從杜塞爾多夫上船，沿著萊茵河逆流而上，衹見沿途山巒對峙，山頭不時出現古堡或廢墟，聳立在陡峭怪異的山岩上。一個個城堡的故事和發生在萊茵河畔的許多傳說中，最為動人

的就是關於蘿蕾萊的傳說。蘿蕾萊是一個月夜裡唱歌的女妖，她在山頭古堡上的歌聲，每每令得萊茵河上的水手因著迷而觸礁沉船。海涅根據這個傳說寫了《蘿蕾萊》一詩，隨即被譜成歌曲，廣為傳唱，以至在希特勒納粹時期，作為猶太詩人海涅的詩歌全部被禁，《蘿蕾萊》的歌聲卻禁之難絕，衹好抹去海涅的名字以『民歌』放行。

二〇一五年七月十五日起筆，記畢於九月二十一日，耶魯澄齋

多瑙河之唱

倦旅驚逢多瑙河，千流百曲競軻峨。
青春樂句斷還續，歲月音詩唱又和。
帆影江天輕淡抹，襟懷浮世浩蕩歌。
臨河一捧晚潮雪，若個奔濤識我麼？①

①《藍色多瑙河》的旋律伴隨了自己整個青春行旅，每個迴旋每個起伏都熟誦於心。此刻倏然置身多瑙河，衹是我識她，她不識我矣！

起筆於乙未年七月歐行旅次，記畢於二〇一五年十月八日，于耶魯澄齋

橘子洲頭（外一首）

轉過林叢，驀見如山巨顔逼臨，一時百感千衷撞懷……

細雨濕衣潸巨容，山川莽莽起悲風。
江潮千丈激懷抱，笳鼓三霄祭棘叢。
雪落大河無影跡，魂消蒼宇有深蹤。
歸人我亦風雷子，愧欠湖湘一抹紅。

二〇一五年五月十四日，于長沙旅中

嶽麓書院行

南嶽溪山慢挽留，藤緣廊柱靄煙浮。
匾題湘楚唯才聚，[1]泉洗讀思為國謀。
千歲弦歌驚劫火，一方淨土醒迷舟。
何期大澤虎龍氣，[2]催運神州正脈流？[3]

①嶽麓書院門前有楹聯：『惟楚有才，于斯為盛』。
②書院二門過廳兩邊有清代羅典所撰對聯：『地接衡湘，大澤深山龍虎氣；學宗鄒魯，禮門義路聖賢心』。
③大殿中央有『道南正脈』金匾，為乾隆皇帝御題。

二〇一五年五月二十起句，八月十二日結篇，于康州衮雪廬

秋思

耶魯『古色今香——張充和紀念會』有感

細雨落紅飄，千江水一瓢。
故人辭我遠，鄉國路遙迢。
青史何堪論，雅音幾折夭。
丹楓點點綴，葉葉是心潮。

記於二〇一五年十月三日晨，余之發言題目是：『張充和與雅文化』

秋遇

明滅芳菲盡望中，忽然嫩紫動沉紅。
空山弦重人悄立，俗世舟輕槳偶逢。
風雨五陵識俠氣，①寒溫九秩發詩衷。②
飄蕭心語落紅裡，化向長天寄遠鴻。

二〇一五年十月二十日晨，于耶魯澄齋

①五陵，《漢書》本指漢朝皇帝的五座陵墓。因五座帝陵邊形成了長陵邑、安陵邑、陽陵邑、茂陵邑和平陵邑，均為漢政府遷豪族於關中皇陵周圍加強統治而成，成為長安的衛星城市群。於是『五陵』便有『貴胄之郡』義，『五陵年少』在後世成了豪俠少年的代名詞。

②九秩，『秩』為古歲稱謂，一秩為十年，此處喻經久時光。

秋懷

丹楓如海弄秋濤，疊紫飛黃幻戰袍。

枝挺戟戈横椝賦，葉颺碧血折翎翱。
雁回蟬止愁中忍，風嘯雪吟險處高。
龍虎平陽豈欺犬？殷紅一境對清醪。

二〇一五年十月三十日傍晚秋林行歸急就，于康州衮雪廬

沖天一立便千年

——賦北加州紅杉林

沖天一立便千年，俯仰淩虚蒼宇前。
耿耿枝隆凜冽志，鏘鏘風吼大剛篇。
蔭招好鳥鳴幽壑，臂舉微雲擁岫巔。
幻麗此生親敬厚，深根落土謝泉緣。

二〇一五年八月二十六日，于康州衮雪廬

秋念

感恩節前夜，月圓如珪，朗天澄澈，步月遛狗歸來口占。

萬古蒼空一月還，銀壺又雪此關山。
清輝薄瀉琅琊榜，赤焰狂焚梅嶺灣。①
挽過驚濤袖起劍，撚完玉笛句飛瀾。
照襟寒水音容現，咬讀遺篇忍淚潸。

二〇一五年十一月二十五日夜，記于康州衮雪廬

①有云：喜歡《琅琊榜》者皆別有寄託，是耶，非耶？

歸雲

歸雲一抹衆山奇，雪態霞容隱傲姿。
依舊林池晴卻雨，曾經患劫怒成詩。

雷霆幾觸朝堂震，肝膽相傾史筆移。
兒女燈前細語舊，鄉泉跪洗故親衣。

二〇一五年十二月十八日晨，于耶魯澄齋

星芒

星芒入眼雁回風，百丈千尋展翼雄。
俯望凡間雲舉月，遙聞檄訊夢張弓。
虹琴雨箭翱翔裡，青史黃塵胸次中。
破隙穿光飛白羽，丹楓一壑醉驚鴻。

二〇一五年十二月二十二日，冬至日晨于耶魯澄齋

歲晚初雪感吟

薄雪微吟一夜輕，推窗笑見白含青。
似鋪頰畔梨雲朵，[1]再點華顛霽雨萍。
屐跡斑斑紀歲感，蒼原歷歷讀心靈。
平生不苟利和勢，家國清言隔海聽。

二〇一五年十二月二十九日雪霽晨于康州衮雪廬

①梨雲，古之『老人斑』稱謂也。

雞年除夕口占

新年除夕夜，友人家中聚嘯高歌跨年記感

殘歲抱新月，虛懷納曉風。
眾聲歌裡曠，秀木雪中雄。

舉步小天地，攻書大莽穹。
微雲拂我袖，早硯落霜鐘。

二〇一六年十二月三十日夜起句，二〇一七年一月十日結句，于康州袞雪廬

雪浪琴

——聽潘暢的大提琴並為新琴命名有記

雲根一脈泉飛落，[1]琴上飆流碧玉珂。
律細弓深分月影，韻長弦重斷滄波。
浩茫沉戟東吳水，高峻悲觴燕趙歌。
過盡千帆閑放眼，秋濤雪浪舉青螺。[2]

①陸遊《戲答野人》：日飲雲根一脈泉，知君骨相自應仙。
②青螺，喻青山。劉禹錫《望洞庭》：『遙望洞庭山水翠，白銀盤裡一青螺。』

二〇一六年一月十六日，于耶魯澄齋

詠鄉國紅棉

穿天吐火鐵玲瓏，紅焰漫燒嶺海冬。①
怒寫碧天姚魏字，②笑披綠野紫霞風。
赤心燃盡雪綿出，青史頁殘高節隆。
客子家山遥祝禱，百千酒盞舉奇雄！

①木棉花又名『英雄花』，以烈焰般的鐵朵點燃南國早春。
②姚黃魏紫，本喻牡丹之國色天香；紫霞仙子乃《大話西遊》人物。

二〇一六年四月十八日晨，于耶魯澄齋

再賀鍾哥壽

滄海龍吟欠一聲，清華荷露吐芳晴。
瀟瀟夜雨關山渡，颯颯英風嶺海迎。

厚德沉潛載舟舞，高懷散淡伴鶴鳴。
炎霜朔雪輕抒袖，但得詩魂慰杜陵。

二〇一六年四月十一日晨于耶魯澄齋

春草吟二首

——步韻和正果兄

一

欣聞綠野春潮動，嫩雨酥風飄粉紅。
香遠霄高詩夢近，荷團珠落墜芳蹤。

二

露華拂檻映天歡，紅粉嬌顔掩綠看。
霞暈輕颺脂粉褪，香魂國色縈心端。

二〇一六年五月十四日，于耶魯澄齋

沁園春·美林湖雅集

——步冬松原韻

丙申夏返國行，康樂七七老同窗雅集美林湖。卅年濡沫之誼與詩書畫共聚一堂，歡聲朗澈。與三數詩友相約，步學長東道冬松舊作《沁園春》韻詠記盛事。

眾水承緣，列岫涵蒼，客自海涯。正溪堂朗闊，良辰掬酒；池亭清麗，芳樹飛芽。聚散摧人，青衫風雨，捧出襟懷萬疊霞。晴川淼，既憐雲惜鶴，也疼離鴉。

林泉丘壑之家。識根系塵泥便有花。憶庭梧江左，枝驕葉舞；荒疆岸角，雪滾霜爬。絮語人間，甜咸莫問，壺暖恰將續釃茶。酣斟罷，看人如秀月，月似銀琶。

二〇一六年七月二十八日，丙申夏 於穗城名雅苑

步韻答謝黃師天驥

五柳東籬肝膽傾，千秋高士托餘情。
可窮可達惟情困，任辱任榮循義明。
逗撩秋濤為識海，解融冬雪但涵冰。
振衣返顧平生路，履有蒼斑汗有星！

二〇一六年七月二十八日廣州起和，九月十五日中秋夕夜改訂畢，于耶魯澄齋

黃天驥師　原玉：

讀《哀雪廬詩》寄蘇煒君

高歌師友盞横傾，點滴香留故國情。
昔日揮戈懷武穆，如今採菊説淵明。
春風曾記栽紅豆，夏雨忽來履薄冰。
展讀華章心事湧，長籲吹落滿天星！

臨江仙·雲路（二首）

一

莫問烏絲能再幾，海山雲路催歸。黛瓦青磚倚門期。枕瀾追舊話，山雨夜敲扉。

憶昔鐘樓紅豆句，吟鞭嫩絮狂飛。江頭一襲舊風衣。將君觴詠意，綴我淩雲詩。

二

宇海深清無見底，一泓澄碧天潭。隱隱蒼陸氣生嵐。雲鱗輕厚薄，塵世遠悲歡。

浩莽山河追倦眼，眉尖額角筆端。瀟瀟夜雨過江灣。淩虛難抱月，傾膽賦千關。

二〇一六年六月六日，北京

步朱熹《春日》韻賀鄭義老哥壽

苦栽松竹海涯濱，故國川原入夢新。
老井心泉一斛水，先聲澄灑萬家春。①

二〇一五年三月十日，夜于康州袞雪廬

①『先聲』者，鄭義兄十五年前拖著病體辛苦完成之環保專著。

再讀葛底斯堡文書贈鄭義老哥

義膽肝腸寒雨風，一燈舉盞滿江紅。
巴東舟逐五湖浪，堡北丹書萬壑楓。
說否獨夫無藥救，諳齊萬馬有鳴驄。
在眼文章森凜勁，段飛句舞暖霄穹！

二〇一六年五月二十日起句未成，五月二十五日晨續完于康州袞雪廬

中秋明月賦[1]

中秋夜，朗月初升，攜小狗遛彎兒。見新月渾薄，萬籟俱銀，四野風露颯颯。漫步披風踏影，似與古月對話焉。口占起句數語，于周日續完。

澄月輝光，湖林湧霜。曠宇無塵，水銀湯湯。赤膽高懸，晶瑩透亮；冰魂雪魄，傾撫大荒。念我慈親，思我高堂。執手牽袖，笠屐麻桑。俯身莽莽，寄義蒼蒼。福緣低問，逸格高揚。不輸金玉，不厭秕糠。素懷進退，清朗行藏。當頭玉輪，酒壺詩囊。舉盞屬客，擊弦歌觴。千古此圓，舊華今芒；友親暖舍，披覆八方。客中自主，閑裡偷忙；雲篷煙艇，驛旅安康。抒襟灑氣，陣馬風檣；七澤之壯，筆馨墨芳。守節存傲，有恕有狂。穿山獨行，仞立高岡。又沐滄浪，又閱炎涼。明潔秋奇，斯土此鄉。

借月述懷，丘壑流香；浮影飄夢，吹綃呈剛。
篆鼎古意，綠壓紅黃；粹天白露，先賢目光。
照人鑒世，蕩洗肝腸；風雨新程，步此茫茫。

①借助當今網路的便利，查詢一語而獲益數句——上言幾『典』，其出處如下：
唐・杜牧《唐太常寺奉禮郎賀歌寺集序》：『秋之明潔，不足為其格也；風檣陣馬，不足為其勇也；瓦棺篆鼎，不足為其古也。』
宋・胡仔《苕溪漁隱叢話前集・韋蘇州》：『蒹葭莽蒼，無三湘七澤之壯；雪蓬煙艇，無風檣陣馬之奇。』

二〇一六年九月十五日中秋夜起句，九月十七日晨續完，于康州哀雪廬

讀陸遊句有感（外二首）

赴三藩市觀《歲月甘泉》洋人樂團演出航路，忽念近時物議而記。

歌哭何須千載期，①捧心一嘯海山知。

霜楓雪柏春泥夢，驛路關河歲月詩。
瓦礫剖開潛珠玉，滄桑歷盡結丹芝。
青冥風露非人句，[2]誰識寸心照血絲？

①陸遊：書生事業期千載，得喪從來未易評。
②王安石《團扇》：青冥風露非人世。

舷窗俯見

斜陽大地抹，颯颯萬山紅。曲水胭脂色，長天雁陣風。
蒼煙浮舊歲，霞影滿新瞳。俯仰皆心路，微茫芥末空。

《磨坊》終成書記感

幾曾識勢利，也敢傲公卿。古月沁懷抱，天風槌帝庭。
桴舟櫓已倦，詩劍未還營。目斷千峰外，煙霞有浩聲。

二〇一六年十一月四日起筆於航路，十一月七日完篇于耶魯澄齋

題『雙獅臥眺圖』

——西土情人節題徐緯地學兄大作

遙碧天邊一線蒼，遠紅淡抹臥微茫。
相依棘莽相扶纍，獨步荒原獨醉狂。
旅雁唳空思行偶，飲虹委地悟弓梁。
浮生得暖奇寒日，鱗羽丹青綻異香。

二〇一六年二月十四日，是日奇寒，據說為當地百年歷史最低點，于康州衮雪廬

天街雄闊舉星燈

為晤暌違三十餘年之學弟學妹，半日裡幾百里驅馳往返波士頓與耶魯。夜深返程，高速路曠朗獨行，高低俯仰，一若追星摘月，感而記之。

天街雄闊舉星燈，展眼銀河逸氣騰。

雪意驅馳長夜路，雲霄善待老鯤鵬。
螢飛戶室客親至，[1]雁掠湖淵勁翼生。
珍重一聲人萬里，澄華滿抱月初升。

二〇一六年十二月十六日，晨于耶魯澄齋

①古俗：螢飛入室為客至之兆。

特朗普就职日有感

——借韻范白兄

買醉難知酒淺深，一時憂樂奪懷侵。
沉香庭畔梅初瓣，耽夜燈邊雪滿衾。
甯戚歌輕雲夢志，孫登嘯遠廟堂心。
從來世路多歧態，拂去音塵古鑒今。

二〇一七年一月二十日晚記于康州衰雪廬

雞年初一奉寄劉中國學弟

雞年乃勵志之年。有師長、學弟妹的厚望在前，不敢懈怠也。

祖逖聞雞起舞劍，中流擊楫著先鞭。①
春風大雅君行早，正道斯文敢息肩？
墨重千年擔哲慮，花飛百卷立綱乾。
華章易逝情難卻，再負青雲志遠篇。

①首句典源：《資治通鑒》原文：初，范陽祖逖，少有大志，與劉琨俱為司州主簿，同寢，中夜聞雞鳴，蹴琨覺，曰：『此非惡聲也！』因起舞。祖逖率兵渡長江，『中流擊楫』誓曰：『祖逖不能清中原而復濟者，有如大江！』『先鞭』語也源于祖逖，又稱『祖鞭』。

二〇一七年一月二十八日晨于康州衮雪廬

玉樓春

——用歐陽修韻，痛悼農友阿初驟逝

當頭霹靂何言說？無語問天天哽咽。從來肝膽照征人，點點秋霜淡淡月。
為君欲盡歌千闋。一曲未成腸百結。離人心事豈堪論，衣上清塵難拂別！

二〇一七年三月三日夜聞噩耗急就，于康州哀雪廬

春分寄友

春分預報有雪，早起卻大朗晴，說是雪飄到海上去了。

雪落春船化艄歌，冰花碎玉逐鯨波。紅岩夜拓清江月，綠岸晨妝翡翠荷。
塵世嵯峨堪負纍，人生散淡幸無痾。思心尚繫海天角：淵澤魚龍猶舞麼？

二〇一七年三月二十日晨，于康州哀雪廬

清明念親

新雨催晴虹吐馨，蒼煙滿目吊伶仃。升沉娘袖牽蔥指，順逆父襟溫羽翎。
點點繁花追舊路，翩翩雁影眷初鳴。魂回解我傷心結，淡入雲山一點青。

二〇一七年四月五日清明日，于耶魯澄齋

讀聞有感（四首）

一

欲悲無語欲詩難，瘐雪黯天冰塞川。燕市音塵猶在目，傲枝蒼檜已傾懸！

二

罡風夜蝅摧病松，撼擊乾坤日月鐘。兒女山川誰得問，斷鴻聲裡藐洶洶。

三

短景窮冬窘日長，疏疏屋漏破軒窗。鼠豪柴傑滿冠蓋，惟念空幾一縷香。

四

相望凝眸一笑留，留諸後世銘芳丘。千秋功業沉斯土，執手來生明月舟。

二〇一七年六月十八日起筆，七月十三日晨哀痛結句於穗城

山水二首

虎跳峽

奔雷細挽一清溪，直落江天吐巨霓。傾谷鼓擂旋沫舞，飆身虎躍亂岡迷。從今刻壁滄波志，便解錐心碧海題：敢問青山遮幾許？東流必得令天低！①

①套借辛棄疾句意：青山遮不住，畢竟東流去。

玉龍雪山

疊雪披雲天井空，裂開鐵幕撞鴻蒙。嚴霜豈獨青霄約，絕路堪耘亂世功。
呼喘有恆緩細步，揮收無問展寬瞳。①浩歌痛飲峰巔酒，造物寧能困此公！②

①在域外雪山專家指點下，我等堅持未吸氧緩步登上高海拔絕頂。
②套接陸遊《冬夜月下作》句意：造物寧能困此翁，浩歌庭下答松風。

二〇一七年六月中旬旅中遺稿，二〇二〇年六月九日補齊于康州衮雪廬

賀范白兄得美石

飛來玉巒曲玲瓏，洗澈寒荒雲雨風。崛崛身淩凜冽世，欣欣顏吐暖芳蹤。
一從拙漏識衷厚，便藉清空解惘朦。潤透煙村嵐岳氣，於貧微處起歌鐘。

二〇一七年九月十二日晨，耶魯澄齋

首爾去來（二首）

一、航路夜讀

夜海行舟豈榻眠，拍天雲浪擁逝川。睡鄉無酒澆枯枕，夢土有霞映藪淵。
萬里熹微初染紫，一書明麗正涵煙。浮名身後誰知論，杏圃硯田方著鞭。

二、航越北極①

雪鎖冰封尺素稀，銀綃一幕縞經緯。蒼原漠漠情漫漫，天海茫茫意飛飛。
繩墨文章慚雅俗，衣冠時世傲寒饑。癡頑誰似我劬碌，兩晝雲亭送返歸。

①為出席首爾『敦煌絲路』會議，北美韓國四日內往還。

二〇一七年十一月二十二至二十五日記於航路，十二月二日續完于康州衮雪廬

讀老友評語『才知山深』句有感

才知舊歲山深深，樂有樵歌悲有吟。溫語時聞泥腳履，烈風每曠嶺懷襟。
摘星晨割抒犁頁，[1]舉盞夜翱追籟音。哺我清風瑩我月，濯露汲泉到於今。

二〇一七年十二月六日，晨于耶魯澄齋

①晨割，海南島淩晨割膠也。

龍

——為製琴大師曹樹堃贈存北京故宮的十二生肖提琴而作

海立山飛舞吐吞，九天驕日托金鱗。
潛淵登極幽明起，水電雲雷自在身。

二〇一七年十二月一日耶魯澄齋

戊戌歲首蹈海五章

二〇一八年元月攜妻與李劉、王洪兩家好友坐郵輪出行墨西哥、古巴有記

一、甲板環走①

連天浪疊撫襟平，濤擊有歌步有聲。暖雨薰風催海夢，鷗飛豚舞暢風情。
放懷雄闊傾山立，展眼窮荒洗宇清。一抹嬌芳斜照裡，犁開濁湧見金鯨。

①遥見海中豚影騰躍，行中兩地均見海豚與人共嬉，卻要價不菲。

二、晚送朝迎

橙赤紅黃金紫圓，霞披彩沐托藍船。一輪孤陷晨昏霧，萬頃泓飛明滅煙。
節物恒催空谷履，太常輒卸浮勞肩。升沉順逆從來見，達隱貧豪任自然。

三、瑪雅廢墟①

萬里關河危月朦，興亡閱盡見青空。洪波蕩蕩春秋水，塞殿荒荒太古風。
玉局歌殘茆頂瘦，庭除石老角梅紅。莫論眼底山河舊，童稚春衫指顧中。

①三數廢墟尚附茅蓋，四周盛放三角梅，孩童鴰鬧其間。

四、海上巨虹①

遠浪拱彎吐錦流，碧天舉我碎金丘。一從珠沫追霞步，萬備瑩晶入景眸。
久昧椰風思驛馬，又逢熱雨憶賓囚。陰晴已教興亡訣：覽變知微即自由。

①李兄在航路上一再言及孟子之言：萬物皆備於我。

五、哈瓦那①

斑駁城池拍夜潮，星疏燈火兩三簫。舷旁舊堡久蕭瑟，殿畔爺車尚俏嬌。
血火未曾銷故夢，虛街更藉識新朝。海明威對格卡問：寂鬧庭廬魂可招？

①哈瓦那滿城最觸目的是尚用作計程車的二十世紀四五十年代的美國老爺車。四處可見的海明威與格瓦拉、卡斯楚像，成為旅遊名片。

二〇一八年一月三日至一月九日，起筆于荷蘭－美國公司 Veendam 郵輪舷窗畔。
一月二十一日結篇于康州衰雪廬

賀《江少川選集》付梓（二首）

一

雪羽淩空展翼寬，雲林霄漢動驚瀾。海天初曙舟先覺，朔土繁英雁早觀。
逆旅鄉愁家國結，天涯書劍古今譚；星三硯墨千金價，錄盡耦耕悲與歡。

二

荷聲報雨綠雲濤，蘸嫩筆端綻弓刀。十尺舟馳三萬里，七分毫鑄九原皋。①
芳華錦瑟無窮鏡，勞燕金塵甲骨陶；②采藥名山行未倦，③壯心太史毋論高！

①九原皋，《詩經·小雅》：『鶴鳴於九皋，聲震於野。』九原皋：古之墓地高處，古語『九原可作』喻『死而復生』之不朽，此處喻筆鑄經典也。

②《芳華》《錦瑟》《無窮鏡》，《勞燕》《金塵》《甲骨時光》，俱為近年有口皆碑的海外文學佳作。

③郭璞《遊仙詩》：『采藥遊名山』。

二〇一八年二月二十七日晨于耶魯澄齋

六五自壽暨遥祭饒公

甫逾生辰日即逢百歲老人饒公宗頤遠行有感。

身寄一壺天地瓜，①大千沙界小根芽。②不磨萬古意淩鶴，③自在中流心寄霞。

安頓靈思真定選，④因緣智學太初嘉。東西無限胎金變，⑤托我伏身奉盞茶。

①饒宗頤先生喜引用元人詩句：一壺天地小於瓜。

②陸游《晚步門外散懷》：大千沙界一浮漚，成壞元知不自由。

③饒宗頤：萬古不磨意，中流自在心。

④饒公號『選堂』，其名『宗頤』則與衆古賢同名，曾治印一方：『十方真定是前身』。又曰：一個人在世上，如何正確安頓自己，這是十分要緊的。為此，應做好三件事：一是『天人互益』，二是『物物而不物於物』，三是『慈悲喜舍』。饒公為學重『因緣』，有聯句曰：天地大觀入吾眼，文章浩氣起太初。

⑤饒公曾言及：古人曾以密宗形容宇宙（『曼荼羅』）的『胎金説』（『胎藏界』與『金剛界』）來論詩與論世。

二〇一八年二月六日晨于耶魯澄齋

滬澳春行三首

戊戌三月，藉耶魯春假出席滬上『世界詩歌日』與『上海—澳門文學節』記感

一

如煙細雨問芳菲：遠土騷人何日歸？卻灑黃花遮驛路，更梳絲柳亂斜暉。
一臨清流萌嫩土，便縱豪思綴夢衣。萬里家還情怯拙，詩心離悵兩依依。

二

井老泉甘滴露清，煙疇嵐嶂曠平明。曉鐘輕皺絲紋水，麗句驚徊古卷聲。
一仄兩平三韻對，千壺百酌眾觴迎。歌詩賢聖青魂托，競點重麾百帳兵。

三

古陌黄花過雨新。紅棉傲朵百枝春。北南兩沐莊騷韻，歌嘯再驚華夏魂。
久厭盤詰梅影隔，每承天啟峭岩親。為詩我亦白劉體，[1]風調衷情入淺真。

①中唐劉禹錫、白居易時相唱和，世稱『劉白』。清人沈德潛《唐詩別裁集》謂：『劉白』難並，『實劉以風格勝，白以近情勝，各自成家，不相肖也。』在我看來，『劉白』之『肖』，在其都具『意淺句深，字白情真，直見性命』的特點。

二〇一八年四月二日晨于耶魯澄齋

天呵賢傑好湖山

——為《岸芷尚青集稿》記

韻透青軒筆醉灣，天呵賢傑好湖山。萬般勢奪一泓出，幾脈泉輸百代瀾。
謝范梅歐冰雪洗，[1]竹蘭松鶴雅歌還。晴霓霽雨曆披過，再賦霞邊千道關！

①謝范梅歐，乃以富陽謝絳及范仲淹、梅堯臣、歐陽修等為首推動北宋『復興古文』運動

以杜『淫巧侈麗』之風的諸賢傑。

二〇一八年四月十六日晨于耶魯澄齋

泰山行（外一首）

鶴背天風三千丈，[1]浮生此際仰高岡。瑤臺闕重征衣窄，驛馬心寬羈步狂。
孔殿裳孺猶袞袞，唐虞涯岸尚泱泱。詩心唯棄獨尊景，[2]吮盡清嵐納宙涼。

①元劉時中《山坡羊·與邸明谷孤山遊飲》：『狂悲壯，杯深豪放，恍然醉眼千峰上。意悠揚，氣軒昂，天風鶴背三千丈，浮生大都空自忙。功，也是謊；名，也是謊。』

②無意在山頂『五嶽獨尊』石刻前排長隊等候留影，掉頭而去。

舷窗讀辛詞

悲風嘯劍底，怒起赴戎關。寒夜一襜錦，飛騎萬里山。
棄鞭驄馬蹇，展卷將心殘。凜凜雲旃志，何堪落筆端！

二〇一八年七月十日，記於航班舷窗

水龍吟·稼軒故居去來

舉頭嫵媚青山，懷中輕撫君詩卷。
慢移倦步，沙沉水靜，故賢庭院。
龍潭劍氣，蘭馨筆墨，我來尋硯。
曆霞綃千疊，瓊泉萬斛，幼安跡，風雷電。

禹鼎久蒙塵鏽，哭龍旗、衹堪炫殿。
月華丘壑，長虹弓弩，魂消聲咽。
笳鼓神京，中原生聚，濁醪唯見。
幸先生照影，曆城石火，礪春秋劍。

二〇一八年八月十二日晨，於袁雪廬

送劍岐大哥伉儷赴加州

——和正果兄

掛席杏壇竟廿年，感君臂助結芳緣。青燈照壁竹梅悟，月夜傾心山水詮。
懷國有詩丘壑淺，問思無我慧花妍。依依楊柳霏霏雪，①春詠秋觴續妙玄。

①最喜《詩經·小雅》句：『昔我往矣，楊柳依依，今我來思，雨雪霏霏。』

二〇一八年八月二日于康州袞雪廬

人生何夕美

——秋日賀西培農友五十年之聚

人生何夕美？紅葉滿青山。霞映千峰紫，霜披萬樹丹。
同舟五秩浪，共赴百重瀾。聚首呵珍重，歌吹忘歲歡！

二〇一八年十一月十二日晨于耶魯澄齋

粤北吟草（五首）

南華寺

戊戌冬，越洋赴粤北翁山出席《羊城晚報》主辦的『南北宗一：當代中國山水畫研討會』，專程拜謁南宗祖庭南華寺與六祖慧能真身。歲末降溫，湖山寒徹而禪脈獨暖，有記。

法雨甘泉沐，祖庭風露行。肅容猶藹藹，戒語尚錚錚。
鏡外紅塵渺，壇前淡素生。空山撫履跡，真道踐心盟。①

二〇一九年一月十六日，康州衮雪廬

①《六祖壇經》：『欲得見真道，行止即是道。』

丹霞山

萬里奔來沸此灘，丹霞熾浪耀天端。
滔滔淩海歸樵牧，①寂寂流芳吐芷蘭。

董巨餘蹤皴筆峻，②徐唐舊履驛塵寒。
稼軒有酒忘杯處，③縱我悠遊棄馬鞍。

①蘇軾『仇池詩』：『吾今況衰病，義不忘樵牧。』

②董巨，南唐畫家董源、五代畫家巨然；徐唐，徐霞客與唐伯虎喜遊歷，想當然也登過丹霞山矣。

③辛棄疾《沁園春·弄溪賦》：『有酒忘杯，有筆忘詩，弄溪奈何。』

二〇一九年一月十日，晨于耶魯

英石

范白兄盛意相邀，會後與莽園大哥結伴同游英德，同賞英石，樂何如哉！

瘦皺瘋癡漏透求，誰邊何物醜風流？雲頭雨腳三生夢，①袖嶺懷峰千歲秋。
情透隙痕斑點點，煙籠淵峽雨颼颼。漁歌誤入武陵景，案上桃源唱自由。

二〇一九年一月二十日晚，月全食

①雲頭雨腳，乃古人喻英石之石紋肌理特徵。

讀莽園大寫意

與莽園大哥一見如故，頓成莫逆。識其人，觀其畫，方才明瞭『驚為天人』何解也！

天地一壺中，硯池大舸雄。枯藤飛決絕，虛羽拱鴻蒙。
三兩筆傷酒，八千法味瘋。淡輕空重遠，阿堵隱神衷。①

①劉義慶《世説新語・巧藝》：『四體妍蚩，本無關於妙處，傳神寫照，正在阿堵中。』

二〇一九年一月二十八日晨結筆，于耶魯澄齋

再讀劉國玉焦墨

惟自單純求跌宕，於情濃處落微茫。墨飈滿紙慳虛白，水減鋒尖憫寂狂。
醉劈癡皴傷眷戀，詩煎酒煮銘滄桑。①兩洋未隔推心浪，斯世同懷丘壑鄉。

①曾在未識國玉兄長前寫下畫評曰：『煮過的靈魂和煎過的河山』。

二〇一九年一月三十日晨結篇于耶魯澄齋

起落人生風景殊（外二首）

——赴堪薩斯航路有感

起落人生風景殊，星三燈火動穹廬。雲天俯仰千峰上，川海追承一脈餘。
翔翼雁門知變滅，①燃犀牛渚見唏嘘。浩歌狂語任驚怪，②月淡襟輕看捲舒。

①雁門：雁門古塞，乃古來兵家爭戰之地。牛渚：《晉書·溫嶠傳》：至牛渚磯，水深不可測，世云其下多怪物，嶠遂燃犀角而照之，見水族覆滅，奇形異狀……

②陸遊《醉書》：浩歌驚世俗，狂語任天真。

二月十七日起筆於航路，二〇一九年二月十九日晨完篇于耶魯澄齋

雲海之上見落霞與新月同輝有感

鋪開天界蒼茫月，點染霞端百丈青。尚有餘芳馨夕照，更傾新露洗雲亭。
書讀奇才管葛錄，①心牽滄海鷗鴣翎。②歸人我亦倦塵逐，坐賞銀河爛斗星。

①管葛：管仲和諸葛亮的並稱，兩人皆古代名相。
②鷗鴣：語出《楚辭》。鴣舉鷗盟，古來分喻自由與高翔之志也。

二〇一九年二月二十二日晨于耶魯澄齋

航抵康州機場恰值一場新雨過後

日夕航飛綃霧稠，一天風雨洗明眸。紛紛世事謾相詠，耿耿心燈照獨愁。
史跡斑斑苦力卷，玉輪皎皎海天舟。何時遣筆蘸甘露，寫盡湮荒百頁羞。①

①『苦力卷』與『百頁羞』：此行是為拙筆作詞、描述150年前中國勞工修築北美太平洋鐵路的清唱劇《鐵漢金釘》，與指揮家蔡金冬同赴堪薩斯訪晤作曲家周龍，商討創演事宜；北美太平洋鐵路乃十九世紀美國開發西部的重大工程，但華工史跡卻多年被美國官方正史所刻意忽略堙沒，此作，是為華工先賢發聲歌哭也。

二〇一九年二月二十二日，耶魯澄齋

己亥新春耶魯之聚記感（二首）

清風洗綠，山月透筠。門前新嫩，漲粒動萌。暖春佳日，豈可無詩？

和海濱

一天風雨解清渾，火影燈花詩酒屯。繡筵聲喧衣錦殿，①歌箏唱醉食華村。②素襟曾袖百千劫，金蘭此蕊斯世存。歲寒人暖詩心發，再啟天涯芳景門。

二〇一九年二月二十三日之聚，少頃海濱詩出，果子輒和，我詩思遲滯，則延至三月四日方結筆。

①繡筵衣錦者，依某人建議，眾賓皆以唐服正裝出席，故滿室華彩姿影也。

②女主人以美食與箏曲奉客，舉座歡娛動容。

題落地紅棉圖

落花如鐵墜紅棉，滿地殷殷血性篇。北地松魂冰雪挺，南天柱影季風妍。
飄飛雄勁柔情裡，立挺肩腰峻嶽巔。巍巍當時天宇大，[1]記曾銘我一芳鮮？

①《論語·泰伯》：『巍巍乎，唯天為大。』

二〇一九年三月五日，晨於巴士讀圖口占，歸抵澄齋續完

人生又見月當頭

春分夜遛狗見巨月初升口占

遠岫雲微燈火幽，人生又見月當頭。故人逸興思壯旅，今我散髮弄扁舟。
梅雪爭春眾蕊喑，江楓說夢千帆悠。榮枯逆變尋常見，春水湯湯自在流。

二〇一九年三月二十一日夜，于康州衮雪廬

雲深水厚喚魚龍

——寫在學期最後一節課前

雲深水厚喚魚龍，雨霽虹招霞映峰。聚散從來歸寂滅，秋冬幸爾識梅松。

苦酸行遍塵間路，甘露猶存筆底蹤。刁斗旌旗履跡遠，①講臺潮湧聽疏鐘。

二〇一九年四月二十五日晨于耶魯澄齋

①『刁斗旌旗』者，今年乃衆多歷史大事件的大周年也。

驚聞獲耶魯獎喜訊・詩二首

其一：驚聞獲耶魯獎喜訊，首告康宜老師有記

彈劍長歌夜雨時，客途崢蹬感相知。①

繁雄萬碌貴移履，②劬夜一燈君引岐。

蟬蛻壇間飛蝶羽，汗凝頁際結芳芝。

靈犀牛渚燃心照，③ 蟲臂化龍傲鳳姿。④

①首句借用陸放翁句：『呼鷹小獵新霜後，彈劍長歌夜雨時。』（《獵罷夜飲示孤獨生》）

②『繁雄』句，借自白居易：『雪川何寂寞，茂苑太繁雄。』

③牛渚：《晉書·溫嶠傳》：至牛渚磯，水深不可測，世雲其下多怪物，嶠遂燃犀角而照之，見水族覆滅，奇形異狀……

④蟲臂，語出《莊子·大宗師》，喻微小卑賤之物。鳳姿：《舊唐書·李揆傳》：『龍章鳳姿不見用，獐頭鼠目之子乃求官』。

錄後小記：此詩寫於獲獎消息在校内正式公佈的三天前，『蟬蛻壇間飛蝶羽』句此時已落筆成文，不料卻似乎預言了其後發生的『蝴蝶』故事——此亦『文讖』之一奇也！

二〇一九年五月五日夜，康州衰雪廬

其二：蝶臨翩雙翼

——步韻正果兄

己亥春獲耶魯優秀教學獎歸家，一隻錦背蝴蝶飛臨身邊，徘徊不去。留影于微信朋友圈，親友俱言乃天上雙親之魂聞喜而至。老友同事康兄為之賦短章兩首，『母親節』晨特唱和之

一

蝶臨翩雙翼，一展眾山青。聞喜來天路，親魂托遠靈。

二

雙親遙一念，熱淚忍盈眶。高閣淩煙短，[1]悠悠流水長。

二〇一九年五月十二日晨于『母親節』日，康州哀雪廬

①淩煙閣，古來之紀功亭也。

浩浩大千水一瓢

——賀端端凱文新婚

浩浩大千水一瓢，①雷驚雹激浪飄瀟。旌旗色映滄波月，暖土夢催風雨苗。

朝餔霞虹趨雋境，夕攜鶴雁抵青霄。塵間幸覓丹砂筆，②點紫綴紅滿鵲橋！③

①水一瓢：源自『弱水三千，衹取一瓢』，此語來自佛經故事，意為：人生美好的東西很多，衹要把握好其中的一樣便足夠了；又：人，衹是滄海中的一滴水。

②丹砂筆：丹砂，中國畫裡最貴重的紅色顏料；由於丹砂與血色相同，古來把它與生命和靈魂聯繫在一起；按中國習俗，紅色為喜慶婚嫁的顏色。

③鵲橋：愛之橋，指戀人之幸福聚合。源自中國古代愛情神話『牛郎織女』的故事：仙女化身『織女』和『牛郎』相戀，天帝震怒把他們分離，每年農曆七月七夜，萬千喜鵲飛搭成鵲橋，讓他們在鵲橋上相會。

（上作詳注，皆為讓美國出生的女兒女婿可讀解也。此詩由學生兼忘年好友溫侯廷翻譯成英文，在婚禮上以中英文朗誦。）

二〇一九年五月十三日，晨于耶魯澄齋

敦煌陽關行

大漠天風洗雄關，祁連雪浪捲千山。戍衣烽燧胡旋舞，石塔麻鞋漢巾綸。
酒泉泣醉夾邊塞，瀚海魂牽霍衛班。①急雨一宵驚裂岸，莫高窟畔水潺潺。②

①霍衛：衛青、霍去病，皆漢朝馬踏匈奴的名將。
②是日夜半，一場破紀錄的暴風雨驟至，莫高窟前的枯河忽發大洪水，衝垮了通往石窟的大橋，整個敦煌覽區不得不關閉一天，成為全國大新聞。

二〇一九年九月三日，衮雪廬

萬木草堂雅集

己亥盛夏，于廣州『萬木草堂』舉辦『潘暢與李逸凡：大提琴與古琴對話』雅集。是日發黄色高溫警報，古建無空調，弦動若清風，衆皆熱汗淋漓卻物我皆忘，有記。

萬木草堂萬籟清，①一弦一柱俱關情。深幽泉動芝蘭澗，峻拔弓追瀚海鯨。

熱汗羈塵珠熠熠，桐音雪浪水盈盈。②康梁魂返閭閻舍，聽我傾城大雅聲。

①『萬木草堂』為康有為當年講學處。

②潘暢手上之大提琴為『雪浪琴』，此乃『今典』也。

二〇一九年八月二日，記於航路

高陽臺・憶往

——步韻和本家蘇大妹子

枕畔霓虹，天涯浪影，空荒屈搯年光。傾蓋如朋，①白首忘卻初商。行經舊徑康園路，聽笙簫，痛隱心央。記當時，蔓草輕拈，裝點蓬窗。小樓未識章臺路，歎雕鞍緣薄，絡斷衷腸。②獨步千山，倦馬難再追狂。浮雲隨著飄燈去，剩高寒、大地流霜。便從今，衹論煙霞，莫問鶯鴦。

①傾蓋句：《史記・魯仲連鄒陽列傳》，語曰：『有白頭如新，傾蓋如故。』意思是：有人相識到老還是不怎麼瞭解，有人初次見面卻一見如。

②小樓雕鞍句：南唐馮延巳《蝶戀花》詞：『玉勒雕鞍遊冶處，樓高不見章臺路。』宋秦觀《水龍吟》詞：『小樓連苑横空，下窺繡轂雕鞍驟。』

二〇一九年八月六日，晨于康州衮雪廬

再步中秋月

朗宇澄天滿月輪，關河古渡淡煙津。輕綃吐雪呵金玉，厚珀沉霜抉戾塵。
畢竟吳剛費斧力，幾曾玉兔慰眉顰。嬋娟何吝一輝灑，千古凝眸共氛氲。

二〇一九年中秋夜遛狗歸起筆，翌日續完于康州衮雪廬

悼科比①

夜闌舉眼碧茫茫，天與星君共一方。澀淚凝空飛急雨，碎肢杵地化顛梁。
枕優追極輕生滅，享痛汲勞淡海桑。千載永思山月曉，嶢驕晨步尚飄芳。

①科比名言：『你認識凌晨四點的洛杉磯嗎？』湖人二十年，他晨起四點苦練二十年。

二〇二〇年一月二十九日晨于耶魯澄齋

己亥歲末返古鎮蘇氏祠堂祭祖記感（二首）

一

天斤豈獨運霄塵，神髓甘飴鄉井氛。萬里家山一捧土，百年世夢九回身。①
門開中殿祖魂托，燭拜遥方譜牒親。歸鶴但知華表遠，酒澆翮羽醒天真。

①『九回身』，喻蘇家三代與古鎮的血脈淵源也。

二

斗沸星翻何壯哉，藹然祖殿篤門開。①天張翠蓋覆紅藥，山擁雲鬟催紫埃。
大塊浮雲仰面過，絲涓流水拎心來。村頭月照歸人影，醉臥燈花千樹梅。②

①『篤門』，古鎮蘇氏宗祠名『篤堂』。

②『燈花千樹梅』，中山古鎮今已成中國的燈飾之都。

二〇二〇年一月十九日晨于康州衮雪廬

臨高舷唱

——舊題寄新歲

又覽溟荒歲序新，天蒼地白見精神。尚遺朔漠遠行履，再逐雄關不老身。

俗子金盤薦酒蜜，英才鐵馬競芳春。夢回猶憶千燈帳，劍氣簫懷狂且真。

二〇一八年十一月十七日舊稿，記於紐約飛港航班，

二〇二〇年一月十八日重整于康州衮雪廬

鼠年除夕命筆

——同韻再和

開元煙景洗霞新，坦蕩山川自在人。有酒有詩酬歲月，①存真存厚寄精神。

名山事業清風引，遠土春泥紅葉因。②雪壓霜驅一笑過，征鞍未卸倚芳晨。

①耶魯澄齋（辦公室）常年掛宋人陳與義聯句：有詩酬歲月，無夢到功名。

②『春泥紅葉因』，用龔自珍『落紅不是無情物，化作春泥更護花』句意。

二〇二〇年一月二十日晨，于康州哀雪廬

致遠方

——和『一葦之杭』

天將三峽水，傾注一壺深。絮絮尋常語，絲絲家國心。

筑琴無啞調，簷雨有清音。但惜黎民苦，囂聲守獨吟。

二〇二〇年四月十五日晚，書『作家談疫』短語後

詠花三首

仙人掌花

一夜花枝綻旱陂，嬌偏帶刺豔偏奇。誰知瀚漠荒寒錯，竟策芳姿苦絕危。
斗柄天頭驕月影，峨冠地角逞英旗。茗甌粥鉢敢身貴，貧賤藜羹哺紫芝。

淩霄花

跳脫沉痾奪翠微，軒眉嘯傲逸心飛。蛟龍雲雨欠溟壑，蘭佩芳菲有鷺機。
浩浩巍巍心耿耿，瀟瀟淡淡志葳葳。青空賒我一歌席，醉唱連宵再振衣。①

二〇二〇年六月十日晨于康州衮雪廬

①振衣，晉 左思《詠史八首》：振衣千仞岡，濯足萬里流。

君子蘭

養撫多年終見雙株齊發有感。

蒼屏肥綠吐芊芊，問蕊祈芳話匱年。塊壘襟胸星帶夢，結纓塵劫月生煙。①

朝聞夕死緣君說，風高雨急擊筑篇。挺然一簇燦空闊，花欲成炬香欲燃。

①結纓：系好帽纓。《左傳·哀公十五年》：『子路曰：「君子死，冠不免。」結纓而死。』子路說：『作為君子就是死了也要把帽子戴好』，於是繫好帽纓，從容而死。《論語·里仁》：『朝聞道，夕死可矣。』喻君子對真理的追求。擊筑：《戰國策·燕策》：『高漸離擊筑，荊軻和而歌。』後以『擊筑悲歌』喻俠勇之為。

二〇二〇年六月十一日晨記衮雪盧

夜讀楚辭

所向凡心素履往，萬人如海一身藏。①蒼梧朝發留縣圃，鸞鳳夕騰躍扶桑。路漫漫兮催獨行，海迢迢以競舒檣。窮觀四極縱天下，幽蘭結後馭蒼黃。

①萬人句，借自蘇軾《病中聞子由得告不赴商州三首》其一，全詩如下：

病中聞汝免來商，旅雁何時更著行。遠別不知官爵好，思歸苦覺歲年長。著書多暇真良計，從宦無功漫去鄉。惟有王城最堪隱，萬人如海一身藏。

二〇二〇年八月三十日暑假結日，于康州衮雪盧

牡丹四章

——步韻和果子兄

一

柳黃遲嫩夢離房，五月殘冬短景涼。一夜忽然芳眾發，染開天地娉婷妝。

二

搖芳汲露照花人，一瓣緋紅一瓣春。未識天香宮粉色，江湖櫓送豔鶩鄰。

三

飄香雲斷洗塵腴，醉紫微醇霜雪濡。扶起新枝嬌軟力，呵馨守馥此心殊。

四

風動晨軒色弄光，菱歌輕泛起荷香。我思不染追蓮影，國色憐心知子狂。

二〇二〇年五月十八日，夜於哀雪廬

無題有感（同韻二首）

一

熟酒殘燈霜月濃，淡茶倦夜幾疏鐘。聽風松入古人語，走夢泉飛俠客峰。
無事尋幽觀世變，有心寄患寫雍容。綸巾閑岸照花謝，浪沫錙塵逐史蹤。

二

雲横怒脊水横東，照岸崖花裂嶺紅。辛苦素琴抒大雅，甘飴寒夜仰星空。
世途病骨生生滅，塵碌雄想隱隱隆。疏豁人生自在處，拙蹄跬步亦驕驄。

二〇二〇年五月二十五日晨，某篇正式開筆于康州衮雪廬

宅家詩三首

一、黃庭讀夜

黃庭讀夜課爐篝，萬慮千惶一墨收。物外魂耕刻燭賦，①詩心笑棄觸蠻謀。②
楚狂掛席長風渡，秦俠行歌天海樓。我亦塵凡憨豎子，鬼神雷電托風流。

①刻燭賦詩，指限時成詩，形容詩才敏捷。《南史·王泰傳》：『每預朝宴，刻燭賦詩，文不加點，帝深賞歎。』

②觸蠻，《莊子·則陽》：指蝸牛角上的兩個小國。後以『觸蠻』稱因爭細微私利而興師動眾。

二〇二〇年五月三十日，晨于康州衮雪廬

二、宅家一日

新晴晨望燦晶瑩，露閃青坪爍爍瓔。金蕊藥欄嬌瓣瀉，空杯茶盞悟泉傾。
今非昨是明朝債，九譯三蒼五輅聲。①灌罷園池烹晚粥，吞山紅日伴歌箏。

①九譯，《史記·大宛列傳》：『重九譯，致殊俗。』張守節正義解：『言重重九遍譯語而致。』

三蒼，同『三倉』，書籍名，為秦李斯《蒼頡》七章、趙高《爰曆》六章、胡毋敬《博學》七章的合稱。五輅（音錄），輅乃古代大車，用『五車書』典，《莊子・天下》言惠施讀的書要五輛車拉，後遂用『五車書』指書多學問深。

二〇二〇年五月三十日，衮雪盧晚記

三、白芍藥

每年此日家門前必綻放白花有感

——次前韻

枯棋卅載局芳瑩，寒雪今宵綻珞瓔。玉鼎垢汙難淚洗，蒼枝萃滿藉顏傾。
飛香未忘還魂曲，化恨虔祈去戾聲。①疊疊層層寸寸憶，一叢一葉一悲箏。

二〇二〇年六月三日午夜，每臨此日門前白芍藥必盛開，于康州衮雪盧

①『化恨』句，借喻近日此地因執法不公引發的連城劫。

立似青山臥似琴

——題自臨黃公望《富春山居圖》

立似青山臥似琴，先生度我繡金針。[1]邊荒水遠堪舟夢，故里井深宜客吟。
疊嶂飛流染汝袖，松風推浪洗卑襟。憑誰向晚歌吹動，草艇滄波明月心。

二〇二〇年六月十七日晨于康州袞雪廬

①起句套用向張充和先生學書時的拙詩：『先生教我出鋒處，立似青山臥似琴。』用『金針度人』典，古指采娘七夕祭織女，得金針而刺繡越發長進。出自《論詩》詩。喻把高明的方法傳授給別人。

父親節遥寄

天衢暮影喚雲山，山立蒼茫霧海間。翠柏不離寒雪露，青江久眷滴涓潺。
淵渟嶽峙念君托，浪立礁升待教還。新筍梢頭谷口路，弓刀玉笛銘初斑。

二〇二〇年六月二十一日夜記

生死一杯茶

——讀文在寅、盧武鉉生死之交有感

人間霜雪花，生死一杯茶。[1]寶劍鳴長夜，弓笳跋歲涯。
巉岩高險絕，心侶低雲沙。世相任明滅，舉燈共遠霞。

①文盧之交，以一杯茶始終。

二〇二〇年六月二十五日

讀聞有感——題畫詩

蒼茫霸業幾沉沉，大呂黃鐘有浩音。[1]
底事雲門歌舞罷，寶刀良馬去駸駸？

①《周禮·春官·大司樂》云：『乃奏黃鐘，歌大呂，舞雲門，以祀天神。』

——天不佑土，人何如哉！

二〇二〇年八月十三日午後記

望鄉曲——船歌

連日聽了幾位西賢的船歌，想自度一曲呢。

江潭枯樹惜鄉台，秋桂微香拂路槐。山有梵音水有月，草生珠露峽生雷。
青鞋暖灶芭蕉雨，草閣寒窗雪後梅。今古長思一櫓接，殘霞落鶩隱芳埃。

二〇二〇年八月十三日暮有感，于康州衮雪廬

夏雨曲

八月初旬，彌撒亞颶風挾豪雨驟至。陽臺上兩株芭蕉卻以蒼承露，玉葉驕挺。

無荷聽雨寄芭蕉，綠影窗前雷火燒。裂宅傾盆飆嶽過，掃雲捲席斷林消。
忽聽點滴叮咚響，驀見晶光珠露搖。玉盞璧琴承月淚，天心一捧自嶢岧。

二〇二〇年八月十五日晨記

聽豪瑟大提琴曲《凜冬將至》記感

古人曰：『風雨江山外有不得已者在。』

凜冬誰謂將至，風雨雞鳴不已。山峻高兮蔽日，水幽晦以承梓。
前溪月印旖旎，牛背笛聲迤邐。物役何傷菊芳，霜風更染樹紫。
樊籠久處偷安，大化坦思泰否。天命毋言末日，千岩祈待辰旨。
泰山絕頂觀雲，瞿峽清波看鯉。一詠一觴澈朗，大椿樹壽無止。①

二〇二〇年八月十六日晨于康州衮雪廬

①莊子《逍遙遊》：『上古有大椿者，以八千歲為春，八千歲為秋。』

暗香·疏影（二首）

——縱筆再感

暗香

笠鞋自若，未踏雲徑步，鶯歌麟閣。
道蹇路濘，但識星光滿肩爍。
誰問平生志念，寧抉選、深淵丘壑？
喜散髮踏浪歸來，欄外擇紅藥。

清覺。邈漠漠。
月色雪境浮，樹隱雲削。
驛孤照影，璧斷圭零苦為樂。
常念軒危宅險，溫語啟、心湖遼廓。①
便渡海桅傲挺，颯爽磊落。

①軒危句，『今典』也，見拙文《大個子叔叔》。

疏影

平波捲夕。
見薄煙蕩浦，一天澄碧。
草木披蒼，恩及禽魚，寒林自顯高格：
為柴劈骨燃心炬，但證得、靈魂金石。
更再臨、苦浪悲風，也似汲泉淵澤。

曾念紅蓮獨夜，香孤嶺底谷，池幻井陌。
柳眼含譏，梅蕊垂庸，青燈照壁蕭索。
長河豈問唏噓句，衹掛論、歲傾潮汐。
令我知、人世清遊，但惜靜流沙白。

二〇二〇年七月二十九日，于康州衮雪廬

訪鄭愁予老師（二首）

——步韻和康正果兄

鄭老師自耶魯榮休後返臺，一别十餘年矣。

一、叩訪

竹風池鳥擁花榮，過客歸人報姓名。
恍若馬蹄門外響，忘懷柳絮照窗明。①
白衣衫舊容顔落，青石街寒夕暮生。
濁酒兩杯深慰藉：蓮心未老尚鍾情。

二、話題

錯誤猶歸美麗臺，春帷未揭樹方栽。
名山事業堪告慰，流水芳名待剪裁。
桃李蹊邊消雜願，樊籠網裡舉雄才。
草茵松蓋雲施雨，石動波搖祈再來。

①此詩之『今典』，見愁予老師的名篇——

錯誤

我打江南走過／那等在季節裡的容顔如蓮花的開落／東風不來，三月的柳絮不飛／你的心如小
小的寂寞的城／恰若青石的街道向晚
跫音不響，三月的春帷不揭／你底心是小小的窗扉緊掩／我達達的馬蹄是美麗的錯誤／我不是
歸人，是個過客……

二〇二〇年八月二十六日，康州哀雪廬

讀水墨動畫片《山水情》暨勃拉姆斯情殤掌故所記

——試成泛韻四言

深秋落葉，白雪紛紛；水邊獨釣，柳下撫琴。
山水相遇，救危攜手，清灘碧漣，茅屋荒村。
圍爐夜話，竹風瀟騷，煙波朗闊，靜界無塵。

隨遇而安，豐潤閒逸，樂憑德揚，緣助仁生。
一老一少，一琴一笛，心曲互通，忘年知音。
師徒恩遇，教琴授藝，疏籬淡月，琴笛交融。
小鷹長大，獨承風雨，寶琴贈與，飄然遠行。
天涯無盡，追望身影，絕崖高處，一曲傳情。
離情難捨，穿雲破霧，驚濤駭浪，天地歸寧。
癡琴醉曲，白雲悠悠，琴境人境，至簡至性。
得失取捨，高古雅清，達隱行藏，真誠純淨。
良辰美景，情義千鈞；愛若在心，循天從命。
薰風吹過，逆潮驟臨，月圓月缺，沉靜自醒。
銀浪一川，水光如鏡，歸彼大荒，往昔悲欣。
長河滔滔，逝水盈盈，獨遺斯樂，有情無情；
斯樂獨遺，無情有情！

二〇二〇年九月十一日，夜于康州袞雪廬

醉落魄・憶少時夜讀

風微水麓。青林繚靄傍初宿。輕拈針腳縫燈讀。隱隱村歌，峽遠腰岩谷。
縱馬夢思思放牧。山如瀚海時如鏃。井寒衿冷風前竹。待得秋來，
暖酒歌霜菊。

二〇二〇年十月五日，於衮雪廬

題冰雲『白孔雀牡丹芭蕉圖』

羽白因身潔，英風出涅槃。
花嬌知不染，淡素寫心丹。

二〇二〇年十月十三日，夜于康州衮雪廬

賀和雨兄甲子壽

虧盈謙益久生奇，朝露夕霞萌紫芝。
雲月百千江海路，[1]山川六秩劍琴詩。
秋光秋雨潤秋日，雁遠雁歸雄雁姿。
振羽高天星野闊，晚晴曠朗拂芳枝。

①『雲月』句乃變自和雨兄自壽詞；秩，十年。

二〇二〇年十月十五日午後，于康州衮雪廬

秋懷

澗清谷底幽蘭草，天碧飛鴻思遠音。[1]
秋雨斷橋人不渡，霜紅折葉魂滿襟。
流光逝水豈相待，衰草夕陽忽競臨。

異景山河堪我念，病霞灼灼照城金。

①借謝靈運《登池上樓》句意：『潛虬媚幽姿，飛鴻響遠音。』

二〇二〇年十月十七日晨，聞『新冠』疫情第二波急就于康州衮雪廬

再聽刀郎

獨立寒秋聽早潮，水迢迢兮浪蕭蕭。
星辰大海嬋娟邈，詩意遠方鶴雁寥。
把酒花前吟舊句，尋芳雪裡誤新橋。
斯人斯境何須問，江楓漁火寄飄搖。

二〇二〇年十月十八日晨，聽樂忽感，急就於衮雪廬

採桑子・重陽山行

——步韻和雨兄

登高嶺上千千色，色色成魂。遠念紛紛。曾記雙慈教畫春。
霜花競比春芳烈，燃遍晨昏。灼透雲身。火躍魚龍幻似真。

二〇二〇年十月二十七日晨急就，于康州衮雪廬

自題『鶴擁旭日圖』

初陽浴海芳，萬里競飄香。雲水追松鶴，洪波星漢方。
清明象天地，廣大成古今。日月有終始，鶴參造化音。
氣自心靈出，韻涵山水端。鶴翔春岸轉，紅日捧心丹。

二〇二〇年十一月七日晨 於衮雪廬

題『蘇文忠公笠屐圖』

犬聲方隱宅，草舍望人歸。雨過蓑衣落，挽襟步斜暉。
繫纜客舟靜，秋江曠煙清。生涯傍海涯，①身映滿天星。

①海涯句，笠屐圖多喻蘇公貶謫瓊崖儋州生涯，此乃蘇門晚生知青辛勞之地也。

二〇二〇年十一月七日晨于康州哀雪廬

聽夢有感

——寄女兒

感恩節假伊始，女兒一大早的電話把我哭醒。她早晨做了一個噩夢，咽泣著説：想聽到爸爸的聲音……

初陽膏沐麗芙蓉，蘭菊追芳雨露風。水枕千岩悵晚照，山披一徑飲朝虹。

清溪望月素心遠，絕嶺登高膽氣雄。
無那秋光秋水意，①太倉稊米四海中。

①『無那』句，用莊子《秋水》意：計四海之在天地之間也，不似礨空之在大澤乎？計中國之在海內，不似稊米之在太倉乎？

二〇二〇年十一月二十一日，晨起急就于康州哀雪廬

再寄女兒

周日閒暇，女兒女婿回家，說要帶我們在家門邊爬山。才赫然發現：離宅所不足五分鐘車程處竟有一片帶瀑布的山林，並且是本州第二大瀑布！咫尺之內如此美景，我們竟渾然不知多年，真乃負罪之人啊。

驚見飛流鄰里騰，憾無知悟愧崚嶒。
嵯峨本寄平簷間，荒谷竟瑩警世燈；
莫負煙霞莫負美，擔承峭峻擔承興。
碧霄宛在微行裡，至境虹橋招手升！①

①『碧霄』句，用李白《焦山望松寥山》句意：『石壁望松寥，宛然在碧霄。安得五彩虹，駕天作長橋。仙人如愛我，舉手來相招。』

二〇二〇年十一月二十二日晚，踏山歸來記，于康州袞雪廬

月亮平湖篝火詩

冬日登臨睡巨人山，歸來于湖畔篝火邊野餐有記

煙霞巨石古梅枝，月亮平湖篝火詩。
崗色失蒼憑險勝，睡人缺醒欲何醫？
道心惟藉清漣洗，嚴壑恒須鳥語移。
識我青山憐我水，送君花草雁魚姿。

二〇二〇年十一月二十九日晨記，康州袞雪廬

雨晨懷詩翁程堅甫

週末晨早爬起欲聽程堅甫詩朗讀會而未成（網笨技拙也），感而記之

雲深欲雨問天低，宿鳥出林喧曉啼。
山路行孤追緊屐，田園蕪久夢荒犁。①
亂石松驕風托影，清川澗淺雨漲溪。
素心但悟月華諦，光照詩魂千古齊。

二〇二〇年十二月五日午後，康州衰雪廬

①程堅甫名句：江天俯仰獨扶犁。

觀羅布泊航拍

——擬無人機語

泰然天地樂顏子，鬼域生奇厚大荒。①

端直余心幽渺趣，僻遠此蠻高古章。②
疊嶂飛沙荒纍驛，孤征漫旅寂迷航。
片雲共遠天知我，永夜同心月留芒。③

①《朱子語類》卷十三：人於天地之間，並無窒礙，大小大快活。此便顏子樂處……胸中泰然，豈有不樂？
②《涉江》：苟余心之端直兮，雖僻遠其何傷？
③杜甫詩：片雲天共遠，永夜月同孤。

二〇二〇年十二月七日，康州衰雪廬

詠雪竹

晨雪中見門前青竹挺立，想起明人高濂《山窗聽雪敲竹》一語：『飛雪有聲，惟在竹間最雅。』

墜地梨霜皎皎霞，倔然驕挺一僧袈。

芳泉化玉綠芝發，厲霰臨身碧劍加。
百舸千帆天際影，素襟淡景牖邊茶。
蓬蒿沽酒白雲遞，奉我淩霄仙界花。

二〇二〇年十二月十七日雪晨，于康州衮雪廬

疫年雪中即感

玉塵萬斛蔽青霄，捲地罡風似雪燒。
雁去林空柱黑立，琴來弦悵雲孤飄。
點點梅香追遠夢，蕭蕭松吼壓瘋潮。
扁舟昨夜掀篷處，依舊吹霜洗月橋。

二〇二〇年十二月二十一日，夜於衮雪廬

題畫詩一組

近時畫嗜甚殷，畫畢欠詩補題若干。

一、犬友頌

相隨朝夕笑悠悠，神秀曉昏莫問愁。①
有爾食甘天下味，無端樂享八荒柔。
見鷩牙嫩叼重笨，期識心寬捉自由。
共步川原追晚雨，晴霞霽靄送飛舟。

①杜甫《望嶽》：造化鐘神秀，陰陽割昏曉。

二〇二〇年十二月十九日晨于康州衮雪廬

二、天鵝賦

沉魚鷩白羽，落雁慕銀瓔。爾汝交從久，古今雙頸行。

寒塘雲片轉，滄海月華明。蒹葭一聲唳，莽原息刀兵。

二〇二〇年十二月十九日午後，康州衮雪廬

三、征雁行

故鄉久別忘銜蘆，[1]逆旅心懷滄海珠。

肅羽長天人字句，[2]翩翩高寫藉微軀。

①杜牧《雁》：萬里銜蘆別故鄉，雪飛雨宿向瀟湘。

②《詩經》：鴻雁於飛，肅肅其羽。之子于歸，劬勞於野。

二〇二〇年十二月二十五日聖誕晨于康州衮雪廬

四、白鶴歌

雲貌雪翎拂綠荷，玉音涵露碧霄歌。

煙霞一展排雲翼，拍出長河萬里波。

二〇二〇年十二月二十五日聖誕晨，于康州哀雪廬

五、雙松圖

霜寒凋苦幹，傲挺破蒼煙。青山借兩萃，染出朗晴天。

二〇二〇年十二月二十五日，聖誕午後于康州哀雪廬

悼傅吟

驚聞哈佛傅高義教授驟逝，哀感無端。傅者，父也。傅老師喚我為『中國兒子』，我們見面必以『父子』相稱。

天涯枯轍浪人枕，[1]厚衾暖月忘夜沉。
樹蕙唯知蔭涸澤，滋蘭但識解危心。

詩存諸往啟來者，[2]文立孤標試石金。
牛渚溯源悲俛仰，[3]登舟空憶淚沾襟！[4]

①浪人枕，隻身留美第一年後，洛城加大忽然斷了原來承諾的獎學金，傅高義老師馬上把我邀到哈佛擔任研究助理，並住進他的家中。

②《論語》：『詩，告諸往而知來者也。』

③王羲之《蘭亭集序》：『俛仰之間，已為陳跡。』俛仰，即俯仰。

④牛渚，寓『知音遇合』。語見《世說新語》，晉朝貧士小工袁宏于牛渚遇謝將軍賞識的故事。李白詩曰：『牛渚西江夜，青天無片雲。登舟望秋月，空憶謝將軍。』

二〇二〇年十二月二十四日，聖誕平安夜于康州衮雪廬

急景殘年幸有詩

——為詩帖立題口占四句

尋梅踏雪韻生奇，急景殘年幸有詩。

賦得滄桑甘苦句，翦存歲月好花枝。

二〇二〇年十二月二十八日晚，於衮雪廬

牛年題畫詩（三首）

一、雪月之舞

天風遥送一聲簫，瀚海銀原起月潮。
潔羽晶靈衾淨境，星飛宇躍舞瓊瑤。

二〇二一年二月二十一日晨於衮雪廬

二、追日之翔

霞披夸父雲湧罔，展翼爭菲兒女妝。
藉得驕陽朱赤染，凡家草木亦仙鄉。

二〇二一年二月二十二日晨，康州衮雪廬

三、月鶴雙影圖

白羽似雪，月華如霜。松風浩蕩，麗影雙雙。
穿風踏露，低履高翔；日月相照，同影分光。
春華秋實，修身利行；並肩赴遠，有擔有當。
微塵世界，咫尺汪洋；濡沫共用，江湖相忘。
執子之手，舵錨櫓檣，舉步蒼蒼，俯仰大荒。

二〇二一年二月二十五日，晨于康州衮雪廬

春晨

雲樹無眠風雨磬，薄晴啼鳥送村聲。
爭流萬壑低舉景，閑拈一卷獨扶檠。
紅樹重花未莖綠，遠山疊翠尚嫩萌。
深汲朝嵐追夜夢，浩歌再續步新程。

二〇二一年三月二十七日，昨夜好夢連連，晨起記于康州衮雪廬

題學超兄法書墨寶

——讀兄之行楷、章草（『隸之捷』）、行草皆寫出不凡氣象有感

楷清隸捷草聞馨，紫塞黄沙碧海星。
一筆卷揮千道錦，墨飛霞色滿滄溟。

二〇二一年三月十日

題《初日白鷺圖》

初陽鷗鷺忘機舞，綠嶂藍霞帶夢飛。

二〇二一年四月三日

端午寄感（二首）

一

漫撚白髮對青蘆，醉灌江聲入酒壺。
槳鼓催舟覓三閭，笙簫沉器哭五湖。
涉江求渡無葦藉，呵壁問穹惟剩愚。
啖得粽香恒愧疚：檢書看劍欠賢儒！

二

敢與山海並肩齊，筆刀穿峰破浪犁。
霏霏雨雪蓬蒿暖，昂昂煙霞衰殿低。
千載峨冠聳絕嶽，百年朝市墜塵泥。
聽笳更念龍舟鼓，追蛟捫星舞早啼。

二〇二一年六月六日，午後于康州衮雪廬

牡丹三詠（同韻三首）

暮春日，鄰居好友曹方精心培育的牡丹群芳競發，邀眾友于疫情後第一次歡聚，嘉福盈心，喜氣滿園有記。

一、白牡丹

一舉雪絨欲拍天，[①]瓣生雲朵蕊生煙。
凝脂顫玉莫彈破，捧潔臨淵對忘川。

①『拍天』者，『今典』也，我曾贊曰：『美得簡直要飛起來。』

二、紅牡丹

紅牡丹們開得成群結隊、爭先恐後的。

霞虹涓滴染芳鮮，萬綠追紅舞夢田。
壯朵唯知英傑意，奪藍挺紫競加鞭。

三、**宮粉牡丹**①

國色涵嬌綴嫩肩，晨霞夕露洗娟娟。
天香漢月築城火，寫就鴻顔入史篇。

二〇二一年五月二十四日晨于康州衮雪廬

①據行家言：宮粉色乃牡丹之正色，『國色天香』之所謂也。『築城』乃長城别稱，古有『築城曲』。

玫瑰一説

——閑讀隨記：『玫瑰，擁有美，然後讓人敬畏。』

豔紅三兩醉軒庭，嬌朵斜挑翹傲形。
君主王侯失契托，野花泉井繼芳馨。
敢掄鋭刺參差力，憨護芽苗稚嫩齡。
小立霜風孤影瘦，心牽四海五湖星。

二〇二一年四月十一日晨于康州衮雪廬

春思

日映晴軒天上鷹，翼橫空廓挾雷升。
高城細雨村墟綠，廬舍青煙霞露蒸。
黃嫩紅萌催紫發，駑騎礫駕育芳乘。
風雲一笑已經過，殘月林梢猶說冰。①

二〇二一年四月十日，週末晨於哀雪廬

①『風雲』句，恰在為詩此時聽到一句粵語流行歌：『一笑已經風雲過。』

題春山在鏡圖

春山在鏡綠波浮，萬壑千岩碧水流。
且看平蕪天上景，煙螺玉壘雪花舟。

二〇二一年四月三日，康州哀雪廬

竹枝詞同韻四首

——送袁隆平老遠行

一

良田萬畝盡低頭，縞素千山水默流。
九秩年輪唯稻米，長街淚送拓荒牛。

二

秧綠禾黃歲月悠，提琴聲暖薄田疇。
心存黍下乘涼夢，鐵馬旌旗化米稠。

三

尷看宏隆院士羞，分羹抹醜稻粱謀。
知抬識捧穀神厭，心在黎民飯碗頭。

四

皺密溝深雪白頭，素衣槁面立田丘。
千秋功銘千秋影，載夢載豐遏浪舟。

二〇二一年五月二十三日　晨淚目記于康州哀雪廬

題瀚海駝鈴

哀哀浮生盡癡婪，悠悠歲月苦寒甘。
駝鈴惟念長風旅，俯首黃沙仰首藍。

二〇二一年四月十七日晨

題伊犁紀行圖

風綠梢頭紅嫩添，山如藍冠雪如鹽。
奔騎歸駿低頭處，瀚澤虹潮入草尖。

二〇二一年四月二十二日晨於衮雪廬

題丹霞石

為『天作之合』——喜得此石之完美黑木底座而記

身披青布衫，拔地挺巉岩。霞落山原頂，暉光照遠帆。

二〇二一年四月二十二日晨 衮雪廬記

再憶兆豐

——和果子

翩然行獨品超群，一柱一弦山海聞。
鍵落帆升江峽唱，指彈窗舞麥飯欣。
折琴折硯有深痛，懷遠懷風莫忘文。
歲月關河祈瑞雪，捧詩追樂寄張君。

二〇二一年五月八日晨于康州袞雪廬

賀康宜老師榮退

——和正果兄

護父曾驚強小紅，母牽嫩手傲迎風。①
一心負笈沉芳籍，萬卷銜書飛矯鴻。

梅眼幽香馨陸岸，銅駝荊棘赴西東。
霞風琅澈透新岫，驀見秋山竟又隆。

二〇二一年五月十五日晨急就

①『小紅』乃康宜老師乳名，當年父親蒙冤繫獄時她年方稚齒，卻敢挺身抗打捕警而令舉座皆驚。事見孫著《走出白色恐怖》。

黃石詩草（五首）

辛丑初夏，疫情後第一次出遠門，三家老友結伴游黃石公園有記。

大提頓國家公園

鋪開天界蒼茫月，聚染霞端萬仞峰。
一盞碧濤環淨界，千川泓瀑托驕松。
惟求絕世清雄立，但惜大荒馨桂逢。

踢水灘湄蒹葭笑，浩歌心笛滿蒼空。①

①碧水邊聊發少年狂，一行人戲水高歌，樂何如哉！

二〇二一年六月二十六日晨

熱泉

釃海薰池醉霧帷，羈愁酒病逐煙飛。
熱能千丈拱石土，微雨兩三拂襟衣。
紅紫成塵昨日穴，星燈猶照今時磯。
方池莫笑乾坤小，煎荒煮魂鑄夢扉。

彩虹煙

靈境幽藍棱鏡看，彩虹煙化彩霞端。
冰瑩澄紫雪光露，浪岸雲橋霓錦冠。
造物盈虛吞日月，微軀行止賞龍蟠。

羈游幸借鴻蒙筆，鹿跡牛痕化大觀。

二〇二一年六月二十六日晚

畫瀑

亂世閒人草木心，心牽天瀑潤煙津。
湧珠萬斛騰虯蛟，展卷一詩品翎鱗。
湛露浮源煙靄靄，凝霜風穴雪雰雰。①
漱芳汲籟潔吞吐，納海涵潮自在身。

二〇二一年六月二十六日晚，結筆于康州哀雪廬

①《楚辭·九章》：吸湛露之浮源兮，漱凝霜之雰雰。依風穴以自息兮，突傾寤以嬋媛。

題《黃石松長卷》

旅程歸家，順筆寫來此百松畫卷。

蒼古行來一脈薪，崛然驕挺傲紅塵。
骨筋義節雲根立，翠鳥青枝唱曉晨。

二〇二一年七月十日晨于康州衮雪廬

疫後老友笑聚有記

——答果子兄

新醅欲醉話沉盅，忍尬承酣哂酒紅。
浮世滔滔舟一葉，眾芳琅琅桂千叢。
疫中無忌喬柯挺，庭際有情心脈通。
得鹿亡羊天底事，倚樓傾蓋笑談中。

二〇二一年七月十九日午後於衮雪廬

鶯啼序・述懷

——步韻和蘇愛琳本家學妹

『鶯啼序』，乃詞牌長調之最。有論：南宋吴文英『鶯啼序』詞或題為《春晚感懷》者，為宋詞最長調之名篇，乃宋詞絶作。因怯於如是聲名，學詩習詞以來始終避墨於前，不敢妄入，儘管也曾斗膽試筆于《醉翁操》《哨遍》等長調『險詞』。今藉和愛琳學妹大作而勉力臨帖一幀，不避鄙陋，謹呈教于各位方家。

風高雁行列陣，縱離情别緒。秋山邈、遠送芳雲，華月追節攜侶。①望天際、乘濤載雪，青琴一舸飛銀縷。②教漫空星點，顛連沸跳成絮。

往事襟懷，故砧塊壘，自青衫來處。洗犁葉、篝火漁燈，啃書曾照字譜。盡煙沉、功名屠狗；且寄夢、雕龍文語。③任滄波，潑瀝淋漓，心緣鷗鷺。

荊榛沽酒，浪棹攜樽，行吟忘歸路。但記取、寒泉暖井，濯硯孤舟，彝鼎韋編，慰我深愫。④老梅香冷，新松雪鑿，劍頭炊夢簫魂煮；便隨他，青岫頓成苧。淩波海嶽，狂桴醉嘯邊荒，登臨獨懷斯土。

廣陵今絕，傲世輕時，鄙五斗粱黍。竟留得，天心共與，日薄虞淵，寥壑寒冰，聞笛起舞。梅花苦調，河陽初燕，川流歎息無金玉；問年光，心在葦航渡。⑤旌帆又載詩囊，雨霽霞藍，奚奴知否？⑥

①鮑照：采蘋及華月，追節逐芳雲。

②青琴：古仙女，此處喻嫦娥。《漢書·司馬相如傳》：『青琴虙妃之徒，絕殊離俗。』

③龔自珍：屠狗功名，雕龍文卷，豈是平生意？

④嵇康受刑前彈琴長歎：『廣陵散於今絕矣！』其罪曰：『上不臣天子，下不事王侯，輕時傲世，無益於今，有敗於俗。』川流歎息句，今典也：命句此時恰聽英國歌後阿黛兒（Adele）的新歌《輕鬆在我》（Easy on me），歌曰：『河流中並無金玉般的存在。』（There are no gold in this river.）

⑤向秀追憶嵇康之《思舊賦·序》曰：于時日薄虞淵，寒冰淒然。鄰人有吹笛者，發音寥亮……

⑥詩囊－奚奴句：唐 李商隱《李長吉小傳》：『每旦日出，與諸公遊，恒從小奚奴，騎距驢，背一古破錦囊，遇有所得，即書投囊中。』後也稱詩囊為『奚囊』。

二〇二一年十月十六日午時和畢，于康州衮雪廬

原玉：

鶯啼序

蘇愛琳

西風驛程又啟，正閒愁萬緒。當此際、怕見斜陽，似別往日儔侶。凝望眼、蒼黄一片，疏煙嫋嫋歌金縷。任柔絲曼衍，纏綿化作飛絮。

卅載風華，醉鄉閬苑，是南山行處。過亭閣、柘屐曾遊，依稀題壁舊譜。竟人間、更長夢短；試點檢、賦情歡語。振葛衣，拍手相招，誓盟鷗鷺。

青梅煮酒，紅袖添香，不記來時路。但記取、芍陂鄠杜，檜楫松舟，倚石横簫，滿懷幽愫。徘徊新月，婆娑老子，銜杯洗墨清江築；歎斯人、短鬢已成苧。傷懷有我，絳都幽事誰知，漸付荒螢蕪土。

劉郎前度，杜牧三生，盡故宫禾黍。漫贏得、秋心容與。水佩雲裳，燕剪鶯梭，

為君起舞。殷勤寫入，烏衣閭巷，泠香搖落悲宋玉。訪仙蹤，衹在桃花渡。

重攜皷帽芳箋，再置樽罍，問君在否。

秋日西岩行

——同韻和果子兄

煙霞輕拂面，一徑步清涼。萬古登臨意，千年詞客鄉。①

憑欄雲滿袖，天地浩然香。舉足泰山小，西岩亦泱泱。

青蒼覽嶽長，矯首望八荒。②犬友喜相聚，高天鷹翱翔。

古賢法官洞，紀史哲銘藏。塵疫清池洗，波光搖紫黃。

涓涓流水暢，皚皚白雲芒。水透空明境，人追詩畫廊。

無舟心出岫，③世異趣魂芳。俯仰皆懷抱，川原入驛囊。

高情賦大化，稊米無窮倉。笠屐逍遙樂，鯤鵬自在狂。

自由幽曠解，涉履騷情張。④宿莽得膏沐，寂寥隨樂揚。

紅泉碧澗近，心智染華章。五色胸中錦，散懷眾美當。

人生忘羈旅，良辰在高崗。⑤

①宋·戴炳：六朝興廢千年夢，獨客登臨萬古悲。
②杜甫：窮秋立日觀，矯首望八荒。
③陶淵明《歸去來兮辭》：雲無心以出岫。
④柳宗元：投跡山水地，放情詠離騷。
⑤王徽之《蘭亭詩》：散懷山水，蕭然忘羈。

二〇二一年十月二十四日晚，于康州衮雪廬

秋光賦

『萬聖節』日夕，漫行於家宅附近之運河步道。天色將暮，煙嵐四起，一時置身濃淡明滅之色彩巨流中，戀景留影，愈行愈遠，竟忘卻歸路矣。

貪讀秋光，醉步畫廊。天展穹廬，地颺盛裝。
腳步輕悄，穿山過塘；人生海海，惜此寸方。

霜風如火，燃綠煮黃；搶紅奪紫，爭色鏘鏘。
不落夕陽，易老春芳，攬嬌挽美，大化恒常。
酩茗細賞，扁舟慢航，臨川感流，歎逝憂荒。
華顏雨洗，碧巒留蒼；萬樹征衣，照影滄浪。
鏡花吹夢，水月幻妝，岫斂簫笛，葦挺劍芒。
離枝飛錦，丹桂聞香；木葉蕭蕭，送雁遠翔。
落紅何痛，青泥何傷，護花有我，情重泱泱。①
朝菌寒蟬，豈問辰光；晦朔春秋，大椿在央。②
閱盡炎涼，嘗遍火湯；古今宙宇，生滅無常。
成住壞空，輪轉興亡；惟遺一脈，歸彼麻桑。
榆柳蔭簷，桃李羅堂，跳脱樊籠，倦鳥還岡。③
雛菊海棠，任化縱浪；生命全真，漸沒行藏。
雪杆淩鋭，金楓耀煌；新露染紙，句入歌行。
詩騷為靈，知來告往，慎終追遠，獨立溟茫。④
霞濤虹築，澄懷去疆；詠觴依舊，擎蒼牽黃！

①龔自珍：落紅不是無情物，化作春泥更護花。

②莊子《逍遙遊》：『朝菌不知晦朔，惠蛄不知春秋，此小年也……上古有大椿者，以八千歲為春，八千歲為秋……小知不及大知，小年不及大年。』

③陶潛《歸園田居》：榆柳蔭後簷，桃李羅堂前。

④《論語·學而》：詩，告諸往而知來者也。……慎終追遠，民德歸厚矣。

二〇二一年十月三十一日，萬聖節夜歸急就，于康州衰雪廬

題秋日胡楊圖

死生立臥三千年，朔漠黃沙無紙錢。
留得天顏金煜煜，豈須高閣銘淩煙。

二〇二一年十月二十六日夜記，康州衰雪廬

一聲雁唳過秋林

——步原韻戲仿老杜《秋興八首》

（附原玉：杜甫）

小序

秋光臨，秋聲起。詩聖杜甫之《秋興八首》，歷來被譽為古體詩詞的『珠穆朗瑪峰』。據聞每年秋禊中，各方詩網高手群起衆和老杜之《秋興八首》，乃古體詩壇最隆盛之雅行。我則怯於筆拙，從來不敢涉足。无奈文友鞭策、好歹勉爲其難。鋪開詩路長卷，從唐詩漢詩到楚辭詩經，古人都有『好罵』的『詩史』傳統。黃庭堅寫給他外甥洪芻信曾言：『東坡文章妙天下，其短處在好罵，慎勿襲其軌也。』而我，则贊同今日之傳統詩體的寫作與傳承，必須與當下生活結合方能葆有真正生命力的。但，我又每每在『時語』與『詩語』之間輾轉，雖有『當下』寄託，但仍力求以詩語出之。或許，這也是我于老杜《秋興八首》中之所得所悟吧。

其一：歌頭

一聲雁唳過秋林，百里霜風競凜森。蔽野煙埃封巨海，鞭峰雨暴醒重陰。
大覺箕山洗耳悟，①空襟皋比濯纓心。②酣紅醉紫胭脂水，淘卻塵沙滌鍛砧。

①《楞嚴經》：空山大覺中，如海一漚發。《史記・伯夷傳》：『莊子：「堯讓天下于許由，由遂逃箕山，洗耳于潁水。」』

②皋比虎皮：常指學師的坐席。戴叔倫：『猊座翻蕭索，皋比喜接連。』

杜诗：

玉露凋傷楓樹林，巫山巫峽氣蕭森。江間波浪兼天湧，塞上風雲接地陰。
叢菊兩開他日淚，孤舟一繫故園心。寒衣處處催刀尺，白帝城高急暮砧。

其二：秋憶

微雨離觴對望斜，岸高海遠念芳華。秋煙淡樹幽人夢，迷峽急蹄舟櫓槎。
驛路曾祈同繡枕，歸航且待共吹笳。忽驚石裂月蒙垢，忍撿霄毛數落花。①

①杜甫《詠懷古跡》：萬古雲霄一羽毛。

杜詩：

夔府孤城落日斜，每依北斗望京華。聽猿實下三聲淚，奉使虛隨八月槎。
畫省香爐違伏枕，山樓粉堞隱悲笳。請看石上藤蘿月，已映洲前蘆荻花。

其三：秋寫

墨聚豪升灑暮暉，酒酣茶釅臉酡微。潛思沉紙神曲隱，甘露落池霞亂飛。
不羨名山燎火旺，但求篇什未心違。長河水滿江招月，映我瀾低浪厚肥。

杜詩：

千家山郭靜朝暉，日日江樓坐翠微。信宿漁人還泛泛，清秋燕子故飛飛。
匡衡抗疏功名薄，劉向傳經心事違。同學少年多不賤，五陵衣馬自輕肥。

其四：秋惘

書休課罷幻弈棋，中庭天井隱深悲。疏星子落蒼生局，淡月行偏衮殿時。
湖海軒頹朝市病，漁梁水冷楫舟馳。窗頭悵望溪山景，紅滿霜枝葉滿思。

杜詩：

聞道長安似弈棋，百年世事不胜悲。王侯第宅皆新主，文武衣冠異昔時。

直北關山金鼓振，征西車馬羽書馳。魚龍寂寞秋江冷，故國平居有所思。

其五：秋願

月映清華浸暮山，夜闌祈夢水雲間。戰塵廷訓冰消澗，芥末鴻程柳映關。

五斗稻粱千丈岳，八方風露半生顏。知秋落木識桑海，敢向龍潭課大班。

杜詩：

蓬萊宮闕對南山，承露金莖霄漢間。西望瑤池降王母，東來紫氣滿函關。

雲移雉尾開宮扇，日繞龍鱗識聖顔。一卧滄江驚歲晚，幾回青瑣點朝班。

其六：秋問

世情百代上心頭，又問陽關幾見秋。渴雨川原裂谷怒，經春草木移枝愁。

蕭蕭霜鬢歸蔬畝，耿耿春華逐鷺鷗。疊雪涵風惆悵子，興亡難論問神州。①

①二『問』重疊，故為之——『秋問』是也。

杜詩：

瞿塘峽口曲江頭，萬里風煙接素秋。花萼夾城通禦氣，芙蓉小苑入邊愁。
朱簾繡柱圍黃鵠，錦纜牙檣起白鷗。回首可憐歌舞地，秦中自古帝王州。

其七：秋答

綠髮短檠童子功，筆耕海抱山懷中。物外千峰皆舉月，胸間毫宇久迎風。①
煙嵐明滅追青白，天地盈虛探黑紅。大化無形大象隱，②落花芳草對秋翁。③

①毫宇：小宇宙也。陶淵明：『寓形宇內復幾時』。

②老子：大音希聲，大象無形。

③《碧岩錄》有一則禪宗公案：『首座云：「到什麼處來？」沙云：「始隨芳草去，又逐落花回。」』問的是空間，答的是時間。——時空流轉乃永恆之道也。

杜詩：

昆明池水漢時功，武帝旌旗在眼中。織女機絲虛夜月，石鯨鱗甲動秋風。

波漂菰米沉雲黑，露冷蓮房墜粉紅。關塞極天惟鳥道，江湖滿地一漁翁。

其八：　秋懷①

瀚潮蕩蕩浪迤迤，檣櫓在淵人在陂。野菊村燈坷礫路，幽懷紅豆琵琶枝。

役史鬼雄淚忍抹，激荒國士血難移。齒寒骨老劍猶熱，杵匣夕陽冠纓垂。

①陸遊：千載鬼雄皆國士。

杜詩：

昆吾御宿自逶迤，紫閣峯陰入渼陂。香稻啄餘鸚鵡粒，碧梧棲老鳳凰枝。

佳人拾翠春相問，仙侶同舟晚更移。彩筆昔曾幹氣象，白頭吟望苦低垂。

二〇二一年十月二日結筆，于耶魯澄齋

歲感

回復親友新年賀詞有『不負青山，青山不負』句，逐成詩。

不負青山不負天，滄波白髮疊流年。
梅花踏雪冰香遠，新月行雲玉露鮮。
滿枕泉聲傷逝水，千川樹影慰荒田。
行歌甌盞撫哀樂，酒茗笙笳蕭爽全。

二〇二一年十二月三十一日午後於衮雪廬

詠極光

——為紐約《極光文學》以三十場雲講座收官而記

幾縷微香沁疫瀾，萬千芒綫落征鞍。
宏光紫氣凜穹宇，清盞濁醪酣筆端。

遥掖秤盤黑白子，近耘河岳煙霞餐。
山攔海隔未知遠，屏寄鄉心一葉丹。

二〇二一年十一月九日午後于耶魯澄齋

佛州行（同韻二首）

感恩節假攜友駕車南行，于佛羅里達州避冷度假數日有記。

一、**棕蹊椰塢**①

棕蹊椰塢靜無塵，綠岸銀沙景異新。
天架長橋賒月露，海涵珠島拱奇珍。
玉泉金鼎無人念，古木荒天有趣魂。
萬柱煙榕一樹立，融霞暈雪舉芳春。

①佛州幾見一樹之氣根落地成林，稱『印度榕』。豈知粵地故鄉也多此奇景，亦可謂『中國榕』也。

二、天知我者

天知我者立孤真，①寄海懷山未若貧。
侶鱷友魚鴻爪雪，騎鯨捉月謫仙人。
禦風駕泠驅流轉，栽柳襟桃緣舊新。
煮酒青林雄想處，瓊田玉鑒濯纓晨。②

①孔子：知我者，其天乎！佛州短日竟遇耶魯高足，午餐共聚，樂何如哉！

②《念奴嬌·過洞庭》：『玉鑒瓊田三萬頃，著我扁舟一葉。』

二〇二一年十一月二十八日晨，北歸日記于康州衮雪廬

長調二首

——步清人厲鶚韻

一、百字令·時聞有感

生波古井，亂塵間、多少網紅驕躅。太始遺音何處覓，惟見空庭風竹。梅月芳名，楠蔭清響，豈待靈山續。知人宇宙，衰雄還問星宿。①鶴舞微雨難晴，幽蘭誰見，雪裡千山獨。皚皚履痕生倦夢，鞍馬思鄉懷屋。旗倚風飄，路憑峽遠，岸柳期新綠。滴涓穿岩，春聲還動蒼谷。

①金克木《答望舒》詩曰：星辰不知宇宙，宇宙不知人。

二〇二一年十二月二十一日晨，于康州袞雪盧

二、齊天樂·新歲小聚

浩歌難易荒煙邈，山高月輪空小。雨鵲飛鳴，風舟縱逸，軒閣英狂新到。

雲根路嶠。悵池樂無笙，失香芳草。
疫若湍流，岸巾寧繫激波棹？

停壺酒闌憶舊，卷新芽嫩脆，秉燭年少。①
唱夢鷗邊，飄纓浪際，井冷泉寒未惱。
偏鋒側帽。對哀殿權侯，硯鳴書嘯。
縱是秋螢，寸光星宿繞。②

①小聚中以新出『少作』《渡口》贈友。

②用杜甫《見螢火》句意：『巫山秋夜螢火飛，簾疏巧入坐人衣，忽驚屋裡琴書冷，復亂簷邊星宿稀。』

二〇二一年十二月三十一日，于康州哀雪廬

題初雪履印

青山無語雪風微，足履雲痕透暮霏。
細爍奔輪去日遠，幸環鄉笛早行歸。
小樓幾點梨花雨，高峽千重赤焰暉。
大澤人生湯火過，從今詩酒逐霞飛。

二〇二一年十二月二十四日平安夜初雪，于康州衮雪廬

讀曾慧燕『誰憐愛國千行淚』有感

霧白雲飄紅血旗，鎔金初日淬胭脂。
赤心問鏡人藏老，青簡沉沙誰究癡。
畫餅療饑峰映月，函牛求鼎路生蘼。①
邊村莫謂無行腳，獨鶴孤芳自有詩。

①函牛：謂能容納一頭牛，指大鼎。語出《淮南子·詮言訓》：『夫函牛之鼎沸，而蠅蚋弗敢入。』宋 蘇軾《次韻周穜惠石銚》：『自古函牛多折足，要知無腳是輕安。』

二〇二一年十二月二十五日，聖誕日晨記於衮雪廬

追念史景遷（Jonathan Spence）教授

帝利何欺擊壤人，[1]舜堯域外亦相親。
羲經禹穴横戈探，太史司空柱杖巡。
萬里行吟洋漢論，五車飽續古今薪。
蕭蕭白髮蘭馨永，故事長涵天使津。[2]

①先秦《擊壤歌》：『日出而作，日入而息。鑿井而飲，耕田而食。帝利于我何有哉！』

②史景遷史著以『說故事』見長。老一輩史學家賴文森（Joseph R. Levenson 1920–1969）生前曾贊曰：史景遷有『天使般』（angel）的書寫能力。

二〇二一年十二月二十六日夜驚聞噩耗急就，于康州衮雪廬

再聽貝五鋼協

清響無垠宇宙風，①江皋海岱小蒼穹。
連營漫立千燈帳，勒馬方援萬里弓。
傲托風霆船逆水，癡抒頑絕血涵楓。
興亡醉醒逍遙歎，吞今吐古在星空。

①莊子：往古來今曰宙，天地四方曰宇。貝五鋼協，堪擔此論也。

二〇二二年一月四日晨起聽曲即記，于康州袞雪廬

為某長篇開筆作記

電抹滔驚啟性靈，天施地拔極芳馨。
浩然氣礴沙凝玉，大化形深血吐星。
壯士雕弓沉海嶽，紅妝淚袖拂雲亭。

掘源荒漠虛皮相，[①]賦到骨魂神鬼聽。

①以安德列·維爾泰《與雅貝斯同在》詩句自勉：『在你在場的符號裡，你質疑。/在你影子的垂落中，你聆聽。/在你缺席的門檻上，你目視神凝。/再也沒有了難解之謎。/荒漠之源就在你心中。』

二〇二二年一月五日晚，開筆終日，記于康州袞雪廬

聽草原歌手傲日其楞

天低路曠淼黃沙，荒草茫茫點亂花。
據鞍盤馬魚龍念，射夢追雲鶴雁涯。
霞彩天邊醉牧唱，[①]阿媽包裡品新茶。
一支長調歌潮引，羽路泉程聽夜琶。

①《天邊》《牧歌》皆歌手成名曲。

二〇二二年一月十六日晨記，袞雪廬

朝聞孫兒安抵塵間有記

女兒端端臨產于牛年歲末酷寒之時，卻久無動靜聲息，產期一再延宕，今晨喜訊忽至。

雪谷冰河望，金壺銀燭光。
苦寒頻翹首，倦眼滿晨霜。
倏忽雲龍降，風霆動太蒼。
九斤斧嫩壯，千仞壁奇剛。①
神秀鐘昏曉，陰陽割大荒。
清聲激草莽，儒雅歌殿堂。
透脫襟高潔，風高舉摯良。
詠觴棄物役，拔俗放懷長。
牛背月華染，溪山續夢章。
人生憂樂濟，鐘鼓待鏘鏘。

二〇二二年一月十七日晨聞喜急就，此日也是『馬丁路德·金日』，于康州衮雪廬

①九斤，牛背，月華：九斤重的壯小子生於牛年尾巴，當日乃新歲第一個圓月夜。

題東坡三望圖

臨仿古賢山海行，紅潮綠瀑競爭鳴。
莊周飲露吸風處，杜老生雲淩絕程。①
學劍西州貪寂獨，燒丹南嶽遠戈兵。
任他空谷煙霞邈，莫問冰霜莫問晴。

①《莊子》：藐姑射山有神人居焉，肌膚若冰雪，綽約如處子，不食五穀，吸風飲露，乘雲氣，御飛龍，而游于四海之外……。杜甫《望嶽》：蕩胸生層雲，決眥入歸鳥，會當淩絕頂，一覽眾山小。

二〇二二年一月十五日夜擱筆畫案有記，康州衮雪廬

浣溪沙・新生孫兒名『浩天』

芳草蕨薇自碧霄，柔弓遲箭弄瓊瑤。翩翩行過外婆橋。

船笛遥聞空谷響，羈懷在抱九關潮。[1]何時一笑見雲繚。[2]

[1]辛棄疾：白日射金闕，虎豹九關開。

[2]孫兒遲出十天，每能在我懷抱裡酣睡，醒來卻晶眼碌碌，但祈千金一笑也！

二〇二二年一月二十七日晨記

魂為鳥去血為花

——時聞有感

魂為鳥去血為花，[1]鏈鎖鵑鶯鬧太華。
啼笑斷腸枝滴淚，妄虛誑怨石吹笳。
衣冠豈杜悠悠口，怒浪還淘莽莽沙。
抱薪風雪扼荊棘，開路雲程肯映霞？

[1]借清人馬世俊《匡菴詩前集》句：『石望夫歸山望子，魂為鳥去血為花。』

二〇二二年二月二十二日晨急就，于耶魯澄齋

題春霞白虎圖

白虎春霞桃杏花，朝嵐晚霧薄似紗。
與君同步難成畫，困看雲山萬疊遮。

二〇二二年三月五日驚蟄日晨，于俄烏戰事手足相殘之時，耶魯澄齋

怕聽嬰婦黍離謠

陵谷傷頽土半焦，哀聲唳斷水雲霄。
難求病骨霜風勁，但見旌麾血影飆。
不捨殘梅淩雪賦，怕聽嬰婦黍離謠。①
松聲忽起悲微月，迷彩鞋邊一火苗。

二〇二二年三月二日夜讀聞急就，于康州衮雪廬

①黍離，指戰場廢墟。《詩經·黍離》，寫京都故宫遭戰火焚燒後長滿禾黍。

閑坐口占（折腰體也）

拂袖挽征袍，浩歌悲役勞。
靜默聽蓮語，虛心納海濤。
倦馬青峰驛，蒼鷹霄宇遨。
淩雲忽自笑，寧問幾山高？

二〇二二年三月十三日晨，康州衮雪廬

虎年初一雪霽行

未聞有六言律句，姑且一試。

長路斜陽暖家，落霞白雪天涯。
滄波世味濃淡，鼓角履痕邇遐。
獨步茫茫靜界，納懷皚皚寒沙。

移琴載酒風日，醉墨酣歌煮茶。

二〇二二年二月一日，壬寅虎年大年初一夜記，康州哀雪盧

看『耶魯崽』陳巍北京冬奥花滑奪冠

驚電穿冰靜畫屏，驚鴻一霎粲凡星。
疾駒隙變光陰短，騰海舟輕天宇寧。
松竹苦寒甘節物，劍琴鋒厲勁藜萍。
峰巔紅日好顏色，火染驕鷹飛箭翎。①

①決賽自由滑，陳巍一身火紅出戰，選曲《火箭人》，一若飆風飛箭之風火輪。

二〇二二年二月十四日晨于耶魯澄齋

行香子（二首）

一、習畫

妙得遷想，[1]山月來招。更千川、奔湧成潮。筆存遊刃，墨寫魂銷。寄風問樹，雲中鶴，雪邊橋。

平生多舛，癡頑嶢峭，伴蒼梧、雨露飄瀟。分泉苦井，借力寒礁。韻空荒月，始行步，遠雲簫。

[1]『遷想妙得』，源自張彥遠《歷代名畫記》引用顧愷之畫論。

二〇二二年三月六日夜學畫畢記感，于康州衮雪廬

二、學書

觀道澄懷，[1]潤夕鮮晨。藉毫端、掃洗庭塵。留痕初月，吹浪寒春。逐横琴影，豎劍氣，海氛氤。

橈力含蘊，舟行滑鱗，縱龍威虎震鋒津。翦燈入硯，卷勢成輪。展蘭亭心，

顔柳相，浩然身。

①『澄懷觀道，臥以遊之』，乃南朝宗炳之書畫藝術論也。

二〇二二年三月七日晨，于耶魯澄齋

詠廣州知青林

看遍羊城千萬燈，獨懷風雨知青林。
旗招歲月拓荒印，夢憶鄉親喚飯音。
汗淚揮戈凝土綠，芳華照嶺捧泉金。
相逢白雪慰秋葉：簫劍書琴猶在心。

二〇二二年三月二十一日夜急就，于美國康州衮雪廬

題《日夕觀潮圖》

寂寂寒潮淡淡丹，臥雲身立寄初瀾。
戰塵難阻遠春望，海雨天風廓眼寬。

二〇二二年三月十二日晨畫畢于俄烏戰事膠著時，康州袁雪盧

題《策馬觀瀑圖》

天地行來盡客賓，親山親水智仁人。
駸駸年景揮鞭過，水納壯懷峰瀉銀。

二〇二二年三月十二日夜，畫畢題于康州袁雪盧

江城梅花引（二首）

——賀妻甲子壽暨卅年珍珠婚壽

一

問誰梅下繫芳舟？暗香浮，遠山浮。逆旅望鄉，孤櫓夢深流。早發初程星滿驛，霜月淡，似螢燈，照旅愁。旅愁，客愁。思幽幽，悵幽幽，幾度秋。白雪照影，竹冷瘦，瘦損雙眸。驀見淵潭，芝蘭映雲樓。百險千難滄海渡，喜塞納，聚普林，泊岸洲。

二

天香夜動浪人心。雪中琴，畫中琴。一撥笙弦，朔漠驟凝金。針線尋常炊飲事，雲間笛，月明珠，空谷音。谷音，足音。步沉沉，影沉沉，挽素衿。雨急路漫，未忌懼，水厚山深。牽手相攜，坦豁對蕭森。別浦從今為我灩，鷗鷺唱，瀑泉傾，艇棹吟。

二〇二二年三月二十一日，記于親鄰朋友賀壽之『驚喜派對』之後，康州袞雪廬

喜遷鶯慢・再賀阿光又奪廣州圍棋『名人杯』冠軍

——步韻姜白石

玉盤方組，竟黑飛白飆，鐘鼓鳴趣。落子如風，天元成勢，直搗龍庭軒宇。潮回岸青帆轉，問誰曾與哀音舞？衹記得，藉善魂心緣，縈懷高處。新局，爭捨取。攻彼步輕，驀植千岩樹。半目如僧，拆邊奔將，端坐覽霜追雨。①臨危更識沉定，不戰屈人為侶。且休住，化燎原方陣，攜壺翩去。

二〇二二年四月四日晨，于耶魯澄齋

①天元、半目、拆邊等，皆棋語也。

角招・清明

——再步韻姜白石

念親瘦。難為又、見煙籠陌上蒲柳。遠望雲出岫，點點黛蒼，涵默招手。

殤離已久，最怕憶香田芳畝。笛管歌鐘飄續，瓦聞糯軟飯馨，豈堪頻回首。唯有，補丁拙袖，詩行解澀，猶造今時秀。色染虹一縷，撼動天心，蘭舟恭候。如新亦舊。釀得出，秋陽成酒。且待鴻篇再奏，脱塵役、侶清風，雲為友。

二〇二二年四月五日清明日，晨記于耶魯澄齋

題《東坡拜月圖》

虔祈玉祖卻無求，把酒孤亭新月秋。
畢竟竹聲傳遠念，難憑溪色助行留。
魂陋杖杵情倔　絕境華冠綺歲幽。
黃葉村邊風雨霽，中天雁過慰雙眸。

二〇二二年四月十二日晨于耶魯澄齋

題家門前宮粉牡丹（同韻四首）

一、**晨蕾**

芳塵斂靜鳥啼低，百卉含嫣煙漫溪。
裙瓣輕張嬌欲破，春心無力臥香泥。

二、**霞觀**①

一庭香覺與天齊，葉映蒼空蕊映霓。
惆悵千重織錦護，沉香亭畔影萋萋。

①沉香亭為李白詠牡丹處。

三、**月賞**①

微露滴翠曉夢西，羅衣輕解醉瓊泥。
月華似水薄封玉，粉瓣一挑洛川迷。

①用『洛川神女』典。

四、七仙女①

韶樂鈞聲牽手攜，姚黃魏紫共掄鼙。
天香弦動相思結，謝女檀郎競得犀。②

①門前盛開之宮粉牡丹，共七朵。

②檀郎謝女，原指晉代美男潘安與名媛謝道韞。唐·李賀《牡丹種曲》：『檀郎謝女眠何處，樓臺月明燕夜語。』

二〇二二年五月十四日晨，記于康州衮雪廬

壬寅端午

艾香粽糯又端午，星漢長河憶左徒。
生死橘林江畔綠，春秋香芷獨行孤。
何曾政美秋蘭潔，惟見騎踐蕙草汙。
投筆滄波滄海動，楚騷千古醉千壺。

二〇二二年六月三日晨，記于康州衮雪廬

步韻答大興二首

一

拂塵舊褶寄川原，笑對五陵車馬喧。
撫卷殘篇心耿耿，隔簾浮月正昏昏。
割鮮草厚未留影，遁馬蹄輕亦見痕。
千古誰衡俯仰愧，焦礴焚羽赤心存。

二

轉蓬未忘本淵原，何忌朝堂又肆喧。
放眼惟求清曉望，坦襟但識夜沉昏。
滄桑面有滄浪影，浩蕩心留浩氣痕。
巾幗鬚眉跌宕處，歌呼青史必留存。

二〇二二年六月十七日晨急就，于康州衮雪廬

壬寅五月初六和譚琳兄

河涸山頹珠淚枯，微嗚幾脈蕩愔嗚。
煙花啼盛未知有，蘭露泣血誰問無。
水佩風裳山鬼路，幽螢漆炬先魂湖。
但求一拜寄諸愧，白笠黑幡立故都！

二〇二二年六月十三日，康州哀雪盧傾淚而記

讀越勝文，悼張律師

辯詞庭上立根脈，見辱療傷拔劍陪。
局碎律馳難論敗，雷崩雨住卻堪哀。
丹書鐵券為誰免？蛇影杯弓何問該？
遙指白雲痛別處，恨耽碧海掣鯨材！

聽馬勒《大地》

管弦拔地眾峰奇，又見華岡綠幾枝。
言說離歸風浪啞，問詢醉醒天涯靡。①
酒旗一展松遮月，雲鶴方鳴竹卷絲。
塵外孤標日月曉，千秋詩聖謝胡兒。②

①此處之『靡』，乃『靡醉』之『靡』，亦『風靡』之『靡』也。

②馬勒，『胡兒』也，其交響聲樂巨作《大地》以唐人李白、王維等詩句入樂。

二〇二二年七月十四日，于康州衮雪廬

鷓鴣天・夏讀

伏夏淩波追晚涼，清風借力柳絲長。
起聽書外濤聲沸，近覓辭間濁酒香。

遠雪浪，近斜陽，掀篇又見墨琳琅。
讀行驀遇孤蒲雨，再臥菱花醉一場。

二〇二二年七月十六日午後

浣溪沙·暑日答友

——借韻愛琳師妹（二首）

一

亂柳飛青拂路人，奔舟浪舞助嬉欣。狂夫戲忘水雲濱。
未問河梁溫幾度，君車但見墜飄塵。倖存湖海渡葦身。

二

舊雨知聞亦識人，玉堂拂袖卻歡欣。辭柯醉葉亂江濱。
屈指雲程吞浪久，祇期秀句賦離塵。俊游修得庾郎身。

二〇二二年七月十七日晨記

臨江仙·巨月[①]

綠瘦紅凋人懶倦，推窗花影闌珊。驚聞今夜月超圓。何曾求璧玉，但見雪團環。星斗荒稀天幕冷，恐留枯影空憐。青燈一舉照臨天。銀輪攬大薄，白練吐飛泉。

二〇二二年七月十九日傍晚記

①《楚辭·思美人》：攬大薄之芳茝兮，搴長洲之宿莽。

海上觀鯨

碧海騎鯨曾夢中，忽焉鯨海沐雄風。
波巔浪壑掀天怒，雪號霜飆恍路窮。
鰭閃烏衣遺獨影，公攜槍鏡挽滿弓。
浮沉顯隱心知偶，惟念遙邊一段虹。

二〇二二年八月九日晨，記於袁雪廬

一萼紅·秋懷二首

——同韻步愛琳師妹

之一

海雲東。眺桑村麥野，黄葉亂霜風。書晚燈挑，舞晨雞唱，羈客已別青蔥。難憶記、綠榕抱擁，江邊傘、浪疊映嬌紅。小徑通幽，西崗行晝，秋月玲瓏。

從此驛塵煙浦，寄鶴雲雁影，天水迷朦。枕櫓聽濤，吹笙驚岸，癡帆啟碇開封。忽某事、恩誠又見，竟捨命、淩波赴淵同。幸結此生夢緣，遠念深濃。

之二

大江東。捲千堆雪浪，未遣順帆風。鹿野芳凋，麥城兵廢，陵谷衰盛何匆。恰又見、秋來雨早，誤千山、岡嶺失楓紅。林靜鶯啾，峽空溪動，

雲樹蔥蘢。心在豈無河嶽？念兒女，淚眼懵朦。樓高人矮，街寬行窄，何日融解冰封？那堪論、美人俱老，但記取、征士壯思同。簫客一吹羌笛，海隔情濃。

二〇二二年九月三十日，秋晨走筆于耶魯澄齋

破陣子·白髮（二首）

一

秋葉辭柯尚未，滿頭霜雪環生。恰正當頭明月皎，百里銀龍素甲騰。遙聞天外聲。莫問黍離故事，興亡自有天行。雲根流水溪間夢，浪落見他夕潮升。人生任重輕。

二

落木千山遠大，澄江一道分明。① 誰問天心圓月意，一抹寒煙道世情：泰山毫末生。 百紫千紅睇過，樓高樓塌難驚。火鼠冰蠶今古夢，天地稊米陰轉晴。五湖送櫓聲。

①套借黃庭堅句意：『落木千山天遠大，澄江一道月分明』。

二〇二二年七月十九日晨再記

水龍吟・龍姐王薇古稀壽再賦

佳人獨立清秋，楓紅玉樹未堪老。長安路遠，山樓花近，芳臨偏早。驀見春江，推高浪疊，潮環新堡。便長程勁發，升帆啟碇，追明月，鋪銀皓。 故國梅枝入夢，盡馨香，緣懷心草。衣單願厚，硯田縱犁，丘荒打稻；更植深衷，袖襟蘭菊，歌詩梨棗。再深期，岫卷平疇紙筆，寫驕人稿。

二〇二二年七月二十一日晨

六州歌頭·登長島蒙托克燈塔

凌雲百丈，縱目傲千川。
罡風勁，灣岸闊，海天連，史雲穿。
問遙追今古，前生念，當世路，窮夢覺，知運化，盡安然。
莽莽神州，洋隔滄波後，牽扯心弦。
蒼顏欺曲路，興廢續寒泉，
疫鼓悲聲，久綿懸。

憶挑燈劍，繁星斗，縴夫步，絕崖巔。
汗足印，空林號，淚成篇，劫中緣。
不語時光老，先魂護，夢承傳。
霞如絮，塵似雪，亂風煎。
一任芳年青浦，都盡付、翠鳥荷煙。

伴夕陽流浪，耕願煮流年，
燈塔留篇。

二〇二二年九月二日午後，聽李健『嚮往』線上音樂會實況結筆

滿江紅·秋江行

——步韻和雨兄

箋頁殷紅，書大展、明霞飛落。微翦碎、紫雲絳萼，湖山勞作。誰挽清江袖予我，盡傾雪浪襟斯樂。見落木，不忍輒辭柯，傷歸鶴。收歌扇，風止約。香如夢，煙成昨。竟龍沙又鑄，九州新錯。槁樹群鴉亭殿噪，烽煙北塞塵凝卻。不敢問：何日飲長虹，君同酌？

原玉：

滿江紅

和雨

盛宴秋光，流連處、依依葉落。濃淡抹、赤橙黃綠，天工神作。大

化有常生感意，自由無價須行樂。歲月長、何不忘歸程，閑雲鶴。
秋深矣，心無約。經年事，恍如昨。復一輪甲子，陰陽差錯。烏地煙騰天作限，滄州霜降冬難卻。終期有，驚蟄又春雷，重歡酌。

二〇二二年十月三十一日　二〇二二年十一月一日晨，急就于耶魯澄齋

夜行船·橙色山地鞋（二首）

——借韻姜白石

健行山間，閒話舊事，忽獲新友贈此橙色山地鞋有感

一

易水荊兄人未渡，悵天邊、雁離三數。雲海奔雷，山原吹浪，竟惟欠、心歸處。誰料交河風雨暮，解芒鞋、聆君輕語。俗紫春衫，凡紅秋葉，終還托、羈塵付。

二

葦岸渡人先自渡，曆滄波，倦帆無數。新雨思耕，重陽呵果，獨憐惜、行來處。又見冬寒欺歲暮。盼雞晨、卻聞囂語。藍霞傾心，青燈吟趣，剩餘勇、魂交付。

二〇二二年十一月十九日夜記，于康州衮雪廬

齊天樂·歲暮

——借周邦彥韻

黑甜琴夢橫桴榻，幽蘭醒方驚晚。辭送春紅，驅逢夏雹，秋葉雲根風剪。冬霜髮掩。曆封損平蕪，疫傷寒簞。但見軒車，馬塵鞭路碎芳卷。

浮生合離久矣，振衣難放曠，何論無限？
感逝臨流，登高懷古，殘月悲笳輾轉。
思殤念遠。
寄遼鶴新飛，海帆初薦，
再步鄉關，任霞虹顯斂。

二〇二三年元旦日晨結筆，于康州衮雪廬

憶舊游·古稀初度

望平疇崛巒，薄土清流，帆裂篷飄。
一記疏鐘遠，逐悠悠逆旅，雨雪瀟瀟。
穿雲擘浪飛楫，懷抱戟弓搖。
負藥笈詩囊，地芥天門，俯仰魂招。

逍遙。樂知問，寄素業詩書，枯旅寒橋。
未見征裘苦，僅呵泉甘暖，披冷自嘲。
繫舟尚有桑竹，香岫硯池嬈。
再拂動風塵，積薪歲火離岸燒。①

①『積薪』句乃『今典』也，為近日一周內連續做兩場『線上讀書會』記。

二〇二三年一月十六日晨，於邁過農曆生日時記于康州衮雪廬

從心感吟八章

孔子曰：七十而從心所欲不逾矩。此之謂也。

——題記

一、歌頭

八千為季立滄溟，莽莽莊椿覽世清。①
獨座宏賢古未見，②塵間事體入心聽。

一窗昏曉鎖恒志，萬卷詩書追聖靈。
照物以心得無我，[3]鬢華霜竹節猶青。

①莊子《逍遥遊》：大椿八千年為春，八千年為秋。
②朱熹：『古今無獨門獨坐之聖賢。』
③王陽明：『以心照物。』

二〇二三年一月二十日晨

二、山笛

時聞丘壑笛聲奇，一曲奏彎煙岫姿。
黑幽溪夢浮軥景，荒絕楠舒物外枝。
抵死攀援蹭蹬路，解顏但藉雁鴻思。
峰頭梅化身千億，[1]一瓣香飛一葉詩。

二〇二三年一月二十二日，兔年大年初一午後

①陸遊：『何方可化身千億，一樹梅花一放翁。』柳宗元：『若為化得身千億，散向峰頭望故鄉。』

三、潮頭

浮生醉夢戰龍沙，浪立濤飛激歲涯。
遊子空傾填海志，兒男未棄濡鸚裟。①
吹香眾草分紅豆，盜火一代駭暮鴉。②
跌宕碑前輕斗粟，再擔雷雨負薪枷。

①濡鸚裟：佛經言：昔有鸚鵡飛集陀山，乃山中大火，鸚鵡遥見，入水濡羽，飛而灑之。天神曰：『爾雖有志意，何足云也？』對曰：『嘗僑居是山，不忍見耳！』

②『紅豆』『一代』皆『今典』也。曾為大學民刊《紅豆》《這一代》主事者。『代』字應平聲字，此處故犯了。

四、棘路①

春減花飛落滿肩，冠纓絕處斧斤懸。
雞晨曉劍濯初日，驛晚燈窗螢大川。
咬碎韋編吞字飽，枕穿粲瓦數星眠。
斷蓬天意自憐我，佑托漏舟淩峽淵。

①陸遊：『清霜粲瓦初作寒』。粲，明潔貌。

五、燈火

一釭萬里醒嵯峨，自贖天心舉夢柯。
夜暗蟲鳴呵獨盞，山深泉動舞煙波。
巢居火食無怨懟，雪嶺雲舟任鏡磨。
春草池塘猶舊態，江山有待遠疇歌。①

①春草遠疇句：謝靈運：池塘生春草，園鳥變鳴禽。陶淵明：平疇交遠風，良苗亦懷新。

六、癡頑

枕間雷電鬢間霜，三尺風雲劍路香。
孤影清燈舉硯舞，凝塵笑席侶牛觴。
光華膏沃茂根力，①脫粟酒醞泓瀑漿。
醉傲王侯耕稼去，芻蕘瓦塔自生光。②

①韓愈：『根之茂者其實遂，膏之沃者其光曄。』

②芻蕘：割草打柴，也指割草打柴的人。《詩·大雅·板》：先民有言，詢於芻蕘。

七、阿蒼

天維地軸問修齊，①凜凜宗祧俯望低。
水遠帆輕驚絕境，椒馨桂馥撞靈犀。
潮來潮去海礁立，雲捲雲舒醉筆犁。
七十人生尚未半，學書學劍學雞啼。②

①修齊：修身齊家治國平天下。

②現代科學已確認，人的極限壽命可達一百五十歲。

八、歌尾：在乎

——生辰日接到學生帶到課室的特殊禮物：親手為我烹飪的長壽麵與紅燒肉有記

奇寒忘席立蒼蕪，白浪青礁抱岸隅。
兩鬢霜華千里客，①三生稊米大江艫。②
擎燈葦渡海天雨，斂炬霞馨山峽湖。③

萬品誰般輕貴賤，暖心最惜此冰壺！

①『兩鬢』句借自于謙：『兩鬢霜華千里客，馬蹄又上太行山。』

②『三生』句用莊子《秋水》意。

③感念學生的拳拳之心，借意『一片冰心在玉壺』句。

二〇二三年二月四日晨急就，于康州衮雪廬

癸卯春壽答譚琳老弟（二首）

一

霜風雪鬢笑卑微，偶賦淩雲偶倦飛。①
世事風牛馬昨逝，緇塵夢幻境今非。
竹梅寒立飄香遠，河嶽雲凝過雁稀。
幸有蘭荷筆硯在，耘泉汲露任君揮。

①套借龔自珍句。

二

河洛山林書筆微，鋒收翼剪甯高飛？
偏經荒澤識興替，才藉秋濤了是非。
風雨江村燈熠熠，晨昏笠屐跡稀稀。
知行未息足猶健，留得詩心待汝揮。

二〇二三年三月十五日晚于康州衮雪廬

原玉：

癸卯二月寄蘇煒兄

譚琳

二月流光風雪微，泥鴻千里逆風飛。
紅潮藍手從頭讀，故土新年轉眼非。
九死南荒猶未悔，三生驛路古來稀。
小詩賀壽援閒筆，一度春臨一度揮。

從心壽再步韻答譚琳兄（亦二首）

一

未謂杜康徒，醉魂百劫春。
青蔭覆苦驛，貧釀崛豐神。
榮辱登高緲，苦甘換景新。
癡頑難改志，敬畏眾恩辰。

二

孤絕青山臥，鄉勞書劍春。
有詩酬歲月，無夢奉諸神。①
雪月千山白，雲顏百鏡新。
星空磊磊在，順逆惜芳辰。

二〇二三年三月廿日夜，于康州衮雪廬

①套借宋陳與義句：有詩酬歲月，無夢到功名。

原玉：

賀蘇煒兄七十壽辰

譚琳

昔日少年志，於今七十春。章成任讚歎，孫至倍精神。
落筆千篇得，從心一頁新。寄君詩賀壽，遙夜共芳辰。

聽雅尼《夜鶯》即感（二首）

西洋名家雅尼創作並演奏的以中國竹笛為主旋律的《夜鶯》一曲，一經入耳，竟終日縈軒繞宇不去，無以言感，祇好寄情於詩。

其一

一絲柳線拂煙舟，幾抹微雲伴壯遊。
朔漠叢林幽暗境，岸巾書卷險危疇。
夜爐薪火照川峽，晨牖明霞暖鷺鷗。
山色破簾隨岫舞，紛紛白雪落征裘。

其二

此生此愛欲何求，桑竹笙琴漫九州。
山峻水澄光澈透，書清識雅子剛柔。
秋來紅葉飛片韻，寒盡青荷綻枝悠。
一任軒裳銷逝水，天風海雨入鴻眸。

二〇二三年三月十九日晨迴圈聽曲揮就，于康州衮雪廬

撫《紅豆》舊卷感吟

數年前，楊亞基兄（中大學生刊物《紅豆》創刊人之一）與劉中國學弟商量，欲將昔年我任主編的《紅豆》（共七期）原刊影印若干留存紀念，可惜因收集不全作罷。三年前亞基兄不幸遽然仙逝，亞基夫人蔡瑞平女士今春對劉學弟重提舊事，責其完成學長心願，馬莉、子慶夫婦等聞風回應，樂於玉成，一衆摯情學弟妹翹首以盼，感而賦之。

海嶽幾登臨，天風拂我襟。

殘雲一掃盡，古井起波音。
紅豆踐春約，青蔭啟壯心。
輕舟追浪唱，遠笛逐霞吟。
驛路時行倦，履痕偶爍金。
風雨一簞飯，冰霜兩葉琴。
弱憑師友力，駝越繡花針；
千斛關山雪，一朝化露霖。
新晴高樹曠，寒霽蛙鼓沉。
大器潤蒼土，孤斟變鳴禽。
人生千里路，無懼氣蕭森；
羈旅得賢助，荒煙求索尋。
臨風再撫卷，悟識古今箴：
吐吞致漫漫，愛善向深深！

二〇二三年四月一日晨于康州衮雪廬

題一洵兄手製榮休耶魯紀念樣瓶

一立腰肩遠市塵，峻藍峰岫崛煙津。
幽柔曲誦欲弦斷，淺淡鋒揮卻墨勻。
三徑六符家國近，①十風五雨浪濤親。
常思物外冰蠶語，②妙得滄波自在身。

二〇二三年四月二日晨于耶魯澄齋

①三徑六符：指命運與天象。《漢書·東方朔傳》：『願陳泰階六符，以觀天變。』符，六星之符驗也。十風五雨：《論衡·是應》：『太平之世，五日一風，十日一雨。』
②冰蠶語：《莊子秋水》：『夏蟲不可以語於冰者，篤于時也。』

懷亞基①

憨笑耿言身猛壯，江皋書劍遇賢郎。

清溪橋短舟橫過，夜路歌長弓滿張。
本草離騷時任讀，相如子美啟公狂。
書林秉燭鳴鐘逝，猶寄青魂一縷香。

①楊亞基學兄，1977年初入讀中山大學中文系。一九七九年春《紅豆》創刊，我忝為主編，亞基兄乃創刊『十編委』之一，學業、編務之餘，發表《貝殼小記》等。一九八〇年春，亞基兄畢業分配廣東人民出版社，責編出版戴厚英《人啊，人》等『新時期』文學名篇；後調入花城出版社，創建該社『大沿海出版工貿有限公司』，主持策劃出版《清代稿鈔本》等系列珍稀文獻叢書，矻矻窮年，積勞成疾，不幸於二〇二〇年三月廿六日仙逝，轉瞬已是三載！據聞，亞基兄遺稿暨紀念文集，劉中國學弟應其家屬之邀正整理編輯之中。清明時節，聊綴俚句，以懷『紅豆舊友』。

二〇二三年四月五日晨于耶魯澄齋

太師吟：易鴛陳和臨老姐妹重逢榮慶

——為學弟劉中國代筆

渭北繫船人，[1] 巴東袖劍身。[2]
策鞭聽雨悵，讀畫夢鴛真。
烽火卅秋夕，離煙七秩晨。[3]
寄心舍外樹，掛望峽邊鱗。
小立思梅影，聽鐘幻筠呻。
杏壇花葉旺，山澤故情珍。
驚喜契遥碧，解懷開井塵。[4]
芸窗掀丹頁，綠岸抒青巾。
魚鳥朋儔氣，煙波帆櫓氤。
虹霞攜手見，再汲溪山春！

①渭北：泛指西北，陳和臨曾為重慶『中國戰時保育生』，抗戰勝利前夕為西北大學原校長陳石珍、趙鐵玫夫婦收養，上海師範大學畢業後終身執教，她是劉中國學弟就讀信陽一中

時的語文老師。

②巴東：指川東、湖南，易鶯為湖南漢壽人，一九四九年八月參軍，一九五〇年參加抗美援朝，榮立『三等功』，一九五六年考取北京師範學院，現為貴陽一中離休老師。

③易鶯、陳和臨一九四八年畢業于江蘇鎮江中學；其後，由於戰亂、動盪連綿不斷，兩位閨蜜『失聯』七十五載！

④二〇二二年一月，布蘭迪斯大學柳江南從一九四二年出版的美國舊報刊上覓得兩幅『戰時保育生』照片，留作資料之用；劉中國看到照片認出其中一位八齡女童，正是其米壽之年的恩師陳和臨。經過他們的一番神奇牽引與跨洋操作，兩位垂暮之年的老姐妹互加微信、驚喜交加，約好本月中旬信陽重逢。

二〇二三年四月六日于耶魯澄齋

題『悜亭文青芸窗別業嘯聚圖』

莊蓓學妹創建『悜亭文青群』三載，二〇一九年九月十三日，始得以與文青群諸學弟妹嘯聚劉若夏君廣州番禺之『芸窗』別業。若夏出紙索題，我當日題詞『芸

窗寄望，雲飛霞湧』，學弟學妹補題『不知所云』『雲卷雲舒』『子曰詩云』云爾，還是以詩紀趣吧。

半袖雲煙半袖星，一揮雨雪聚旗亭。
康園細路吟詩過，險峽大江吆號聽。
青碧空山迷寺語，湍流野水逐荒螢。
人生此席堪稱爽，挾電霜毫寫娉婷。

讀《周正光七絕選》之十三式

——仿華萊士·史蒂文斯的《觀察烏鶫的十三種方式》

日昨喜獲劉荒田兄寄贈之兄長大作，期末教務忙碌竟一時無空賞讀。不料乍一掀篇便雲蒸霞蔚，電霆滾蕩，難以閑讀靜品卻又無以釋手，便揣於袖襟，課間讀、候車讀、巴士讀又茅廁讀（哈！），冊頁古雅，墨香縈縈，不禁慨之歎之：此乃當世第一七絕也！（早在韶華年代，他便有『周七絕』之雅號），一如我

曾稱頌『中國農民中的當世老杜』程堅甫老人之七律，為『當世第一七律』一樣。零星熬讀到週末今晨，終可以焚香品茗，慢蘊細藻，沉迷詩境。興致所至，急筆口占以下數章，見笑詩翁與方家了！

——題記

一①

飄紅春漲水雲深，弄笛雪梅微月吟。
呼酒驪歌狂似昨，此中詩卷有真金。

①皆用正光大哥之詩意象也。

二

詩夢繞山蹈海遊，揚塵峙嶽崛滄洲。
高雲久渺松聲外，劫火燒存此碧丘。

三

萬劫曾輕千丈崖，歸來把卷一杯茶。
蓬門臥說漁樵話，枕上紛紛落霜花。

四[1]

廢興歸浩莽，歌事寄蒼茫。
丹桂松月夜，春心落對床。

①讀《唱歌》。

五

故山磨劍疑無鏕，天海揚帆棄野橋。
花草石頭清淺日，遙蒼卻耀幾分驕。

六

隔岸風濤留汗青，檀城花雨打飄翎。

空桑一宿少年夢，猶化湯湯碧海星。

七①

樓臺金碧暮雲間，一唱名花一悅顔。
昨夜星辰昨夜韻，離人每憶淚潸潸。

①仿《今夜》。

八

航越滄浪釣忘川，詩囚海外鎖雲天。
浮生難抗浮桴夢，小院榕蔭伴醉眠。

九

無根豈是樹移哀，筆硯琴簫即舞臺。
長句短章花水月，泉汲霞招月牽來。

十

倦眼微抒夜讀詞，牖燈麗句映芳姿。
何當擊筑共君醉，白杜詩騷入我卮。

十一①

最喜三藩友訪篇，山河歲月感蹁躚。
江聲咫尺邊城夜，山作琴台水作弦。

①套借佳句：『忽聽江聲來咫尺，山河歲月逼眼前。』

十二①

淡淡煙風片片霜，情牽水遠又山長。
雲溫雨膩祈如故，卻見寒鴉過隔牆。

①溺愛《片片》。

十三

散髮罡風百尺樓，思追天際幾行舟。
穹邊磊磊星初起，聚散歌飄古埠頭。

二〇二三年四月二十二日晨夕感讀縱筆，于康州哀雪廬

雨晨聞錘哥于ICU轉危為安感興

春霖一降醒軒亭，雨敲地鼓化雷聲。
流光閃蕊蕾芽險，天海揚波鯊浪停。
浩宇空江曾競櫓，加餐振臂再牽霆。
芳櫻晨報佳音信，點點吹香大地青！

二〇二三年四月二十三日晨于康州哀雪廬

步韻再答謝正光大哥（二首）

一

亂世紅蓮綻影單，詩芳競發破窮難。
誰言石火掩灰劫，珂玉丹青卷席看！

二

幽香縈句歲悠悠，解纜放懷此綠洲。
幸得白頭觴詠樂，與君歌板再登樓！

二〇二三年四月二十五日晨，于耶魯澄齋

原玉：

詩兩首 致蘇煒吾友

周正光

一

沉沉大夜少清歡，避疫深藏一訊難。
幸有飛鴻傳好句，幾回擊節幾回看！

二

少年共飲珠江水，老去同羈北美洲。
今夜月明知未睡，海天無盡互登樓。

聽周深在北影節獻唱《光亮》致敬電影人有感

海上風輕催夢幃，悲歡交替孕生機。
臨荒冷暖花枯萎，踐約光陰嶽峻巍。

一寸火柴一脈炬，①萬千淚眼萬方扉。
溪山當記昔時諾，晨澗聲馨貫夕暉。

二〇二三年四月二十九日夕寫，于康州袁雪廬

①『火柴』乃歌中『今典』也。

牡丹同韻五詠①

一

月下花前哀樂多，飄芳幾朵説蹉跎。
江湖我亦癡頑客，書劍狂生愛豔娑。

二

疏疏綠影掩嬌娥，嫩蕊微合似醉酡。
舉燭但求花睡去，明朝迸彩動山阿。

三

晨露跳珠自夢河，抒香吹紫旋虹渦。
芳煙一嫋展琴瓣，宮韻馨魂吐壯歌。

四

重重疊疊卷裙蘿，靜靜悠悠挽逝波。
開合人生惜此際，憐香失語作憨哥。

五

玉光脂色未研磨，粉黛天然立驕柯。
廿載風煙霜雪路，天香伴我飲長河！

①此株國色已芬芳過我的三道宅門，花壽超過二十年，祈再陪我更二三十年也！

二〇二三年五月九日晨，于康州衮雪廬

雜感二首

一

流紅到海燕銜還，[1]駑馬遇策越萬山。
蟲臂鼠肝沉逝水，蓬絲泥絮闖天關。
日邊華表雕霞路，閭里風霜琢玉顏。
縮地羽蒼猶夢短，再牽雪浪入眉彎。[2]

①借黃仲則句意：『前度落紅流到海，燕子銜還。』（《買花聲·立春》）
②『雪浪』，『今典』也。曾有《雪浪琴》文，拙詩曾曰：『每從雪浪悟東坡。』

二

秋瀾寂寂陌阡阡，策馬川原緊一鞭。
大漠月牙靈域水，平岡絕嶂悟禪篇。
淩霄心有甘泉氣，破梏志存自在天。
太史青蓮招我見，五車書教潤餘年。

二〇二三年五月十六日夜於衮雪廬

附錄一　聯句集錄

循舊例，為書家用句備聯也。

一失知音，萬里歌殘。《一剪梅·和雅蒜》
浩歌一曲驚天宇，滄海八方住寇仇。《浩歌心語》
付與高山滄海心，龍吟虎嘯古猶今。《詩心一説》
花開危谷催春早，雪擁窮關兆瑞多。《送馬迎羊二首》
莊騷醉醒青衫薄，李杜行藏白雪深。《詩心一説》
小草荒原珠露透，大江淵峽浪花柔。《浩歌心語》
蒼原漠漠情漫漫，天海茫茫意飛飛。《航越北極》
未老青山識舊面，猶抒燈火照新泉。《知青二題》
霜楓雪柏春泥夢，驛路關河歲月詩。《知青二題》
目斷千峰外，煙霞有浩聲。《磨坊成書記感》
於此寄蒼蒼，暮潮吟大江。《菩薩蠻·》
清明象天地，廣大成古今。《自題〈白鶴旭日圖〉》

十尺舟馳三萬里，七分毫鑄九原皋。《賀江少川選集付梓》
人間霜雪花，生死一杯茶。《讀文在寅、盧武鉉生死之交有感》
路漫漫兮催獨行，海迢迢以競舒檣。《夜讀楚辭》
五斗稻粱千丈嶽，八方風露半生顔）。《追和杜甫秋興八首》
物外千峰皆舉月，胸間毫宇久迎風。《追和杜甫〈秋興八首〉》
舉步小天地，攻書大莽穹。《雞年除夕口占》
曲水胭脂色，長天雁陣風。《舷窗記感》
蒼煙浮舊歲，霞影滿新瞳。《舷窗記感》
不磨萬古意淩鶴，自在中流心寄霞。《六五自壽暨遥祭饒公》
家山萬里詩舟渡，風雨三生善路緣。《賀鼎公九十壽》
心寧清硯磨悠歲，舍静琴歌澈曉天。《送張充和先生遠行》
曲清殿宇風清世，月鏡池庭琴鏡川。《莫札特故居》
帆影江天輕淡抹，襟懷浮世浩蕩歌。《多瑙河之唱》
挽過驚濤袖起劍，撚完玉笛句飛瀾。《秋念》
辛苦素琴抒大雅，甘飴寒夜仰星空。《無題有感》

邊荒水遠堪舟夢，故里井深宜客吟。《題自臨黃公望〈富春山居圖〉》

淵渟嶽峙念君托，浪立礁升待教還。《父親節遙寄》

萬古蒼空一月還，銀壺又雪此關山。《秋念》

萬里熹微初染紫，一書明麗正涵煙。《首爾去來》

萬里家山一捧土，百年世夢九回身。《蘇氏祠堂祭祖》

水枕千岩悵晚照，山披一徑飲朝虹。《聽夢有感》

嬋娟何吝一輝灑，千古凝眸共氛氲。《又步中秋月》

清溪望月素心遠，絕嶺登高膽氣雄。《聽夢有感》

一樓花萼騰雲去，萬疊歌潮沸宇中。《答謝德國歌友詩友》

君主王侯失契托，野花泉井繼芳馨。《玫瑰一說》

樹蕙唯知蔭涸澤，滋蘭但識解危心。《悼傅吟》

爭流萬壑低舉景，閑拈一卷獨扶檠。《春晨》

空山弦重人悄立，俗世舟輕槳偶逢。《秋遇》

萬般勢奪一泓出，幾脈泉輸百代瀾。《天呵賢傑好湖山》

電抹滔驚啟性靈，天施地拔極芳馨。《為某長篇開筆作記》

壯士雕弓沉海嶽，紅妝淚袖拂雲亭。（《為某長篇開筆作記》）

任他空谷煙霞邈，莫問冰霜莫問晴。《題東坡三望圖》

靜默聽蓮語，虛心納海濤。《獨坐口占》

滄桑面有滄浪影，浩蕩心留浩氣痕。《步韻答大興》

獨步茫茫靜界，納懷皚皚寒沙。《虎年初一雪霽行》

清聲激草莽，儒雅歌殿堂。《晨聞孫兒安抵塵間有記》

起聽書外濤聲沸，近覓辭間濁酒香。《鷓鴣天·夏讀》

附錄二 新詩與歌詞拾零

存錄此極少之試筆，算是敝帚自珍吧。

枝枝杈杈

劉中國學弟今春主持編印《紅豆》合訂本，『發現』我原刊於《紅豆》一九八〇年第二期（總第六期）的『朦朧詩』《枝枝杈杈》（署名『蒼耳』），閱讀之餘，頓覺時光倒流，且喜且愕，一併附錄於此。

蟬

高唱著綠色讚歌，
我從不感到口渴。

蠶

悲哀自己的前途，
我多羨慕那自由自在的蜘蛛。

夜

摘除了了光明的面紗
世界的臉真實得可怕。

書店

在這裡
一切痛苦與歡樂都標上了價格。

那個黃昏

那個黃昏
當我把滿天落英看作白雪紛紛
冬日的初瀾變成了前世的約定
從此　是隔著山海 擋著冰川的追尋

沒有表白　沒有承諾，
衹一個音波便看見大河壯闊
衹一縷遠方的氣息就香飄四季
衹一抹螢火樣的逝影啊
便是 星空閃爍
岸邊 哪怕它千帆如梭

從未曾丟失過你啊
也從未曾擁有過
日曆上的年輪已經皺褶層層
那份想望，還能穿越地老天荒
那份執念 仍舊 滴出血的鮮活

那個黃昏
當我把滿天落英看作白雪紛紛

冬日的初瀾變成了前世的約定
那個黃昏
那個　黃昏……

二〇一七年三月二十三日靈感散記

而你，你是什麼呢？

——悼楊鴻年老師（讀越勝悼文即感）

花蕊是火，星星是淚，
而你，你是什麼呢？

風雪裡那盞孤燈熄了，
長夜裡那道微光滅了。
浪波上的那片紅葉，你要飄向哪裡？

清風中的那根羽毛，你想飛往何方？
海一樣的歌聲是山的迴響，
山一樣的站立環繞著海的拍蕩；
那手指呢？那巴掌呢？那臂膀呢？那白髮呢？
那火焰般的，高擎著的，閃抖著的，飛揚著的，
甚至尖聲吼叫著的……
——是什麼呢？
絲不如竹，竹不如肉啊，
那譜架啊，佇列啊，身形啊，肉身啊，
那吐字啊，氣息啊，祭壇啊，靈魂啊……
那大地上萌生的、勃發的——成林的綠芽和綠海啊，
那山岩上挺立的、傾瀉的——激蕩的松濤和瀑布啊，
那母親懷裡嬰孩晶亮的眼眸和啼喚啊，
那長路上甜美的夢囈和酸楚的呻吟啊，
旋律遠去後，留下的究竟是雲絮還是星空？

足跡遠行後，遺落的到底是風雨還是朗晴？
心血凝結出來的水晶啊寶鑽啊，
如何擦拭，才能護住澄懷冰心？
汗淚澆灌出來的心靈淨土，
怎樣耕耘啊，才能永葆蒼郁純真？……

啊……
微笑是火，歌吟是哭，
而你，你是什麼呢？

二〇二〇年七月三十一日晨急就，于康州哀雪廬

歌詞三幀

回到那個一起躲雨的屋簷

回到那個一起躲雨的屋簷，
詩一樣的你，早已不在眼前。
圖書館的燈火，考試卷的碎片，
盼望下課鈴響，盼望每一個下雨天。
啦啦啦啦啦……

回到那個一起躲雨的屋簷，
風一樣的你，隨雲彩飄到天邊。
打開門的相擁，關上窗的思念，
撫摸你帶淚的臉，撫摸著我們的明天。
嗯嗯嗯嗯……

回到那個一起躲雨的屋簷，
夢一樣的你，何時才能相見？
望不盡的山巒，說不盡的留連，
歲月積下的苦藺，追憶釀造的甘泉——
啊啊啊啊……
風，還是那麼輕，
月，還是那麼圓；
雨，還是那麼下啊，
人，還是那麼遠……
多麼想，多麼想啊，
再回到，再回到——
那個一起躲雨的屋簷……

二〇一四年九月十六日耶魯澄齋

二〇一六年十月七日夜因聽石頭兄之演唱曲重改訂，于康州哀雪廬

萬物說

主歌：
雨傘說：不敢經歷雨驟風狂，
誰，會把你舉在頭上？
雨鞋說：人家把全部重量託付給我，
泥裡水裡，我還計較什麽？

桂花說：用最小的花蕊迸發最大的能量，
世界，才能溢滿馨香；
荷花說：沒有淤泥的豐厚肥沃，
不染之心，怎樣拂漾清波？

副歌：
海浪說啊：水惟能下方成潮；
高山說啊：山不矜高自及霄……

萬物說啊，萬物說，萬物都在說……
萬物說你，萬物說我，
我啊，我該說什麼？
萬物說你，萬物說我，
你和我啊，我們該說什麼？
——該做什麼？！

心的門

（一）望著那個背影默默離去，
我在問我自己：
心的門，在哪裡？

心的門，在哪裡？
在靈魂的城堡裡，
在情感的深海裡；

在萬千飄零的落葉裡，
在沉重如山的石頭裡。

心的門，在哪裡？
我站在懸崖眺望你，
我順著河流追溯你，
我鋸開了大樹尋覓你，
我劈開了頑石叩問你！

那個喝著烈酒的夜晚，
我捏碎了酒杯問自己：
心的門啊，究竟在哪裡？！

（二）你的面影靜靜浮上心頭，
我在問我自己：

心的門，在哪裡？

心的門，在哪裡？
在溫暖的掌心裡，
在寒夜的燈火裡
在狹窄門縫的眼睛裡，
在寂寞人群的回眸裡。

心的門啊，在哪裡？
我捧著赤誠期待你，
我咬著艱辛追隨你，
我揉碎了照片回憶你，
我願獻出生命陪伴你！

那個風雨雞鳴的早晨，

我擦乾了淚水問自己：
心的門啊，到底在哪裡？！
（一段驟起的頓悟似的樂聲過門——）
——心的門啊，
（原來）在這裡，在那裡！
在那裡，在這裡！
在陽光裡，在空氣裡，
在真誠裡，在愛心裡！
你打開自己心的門，
那道遠遠的心門啊，
就會慢慢敞著，悄悄迎接你……

二〇一六年十月九日晨，于康州衮雪廬

（此三幀歌詞本為某歌唱名家而作，據之並未成曲，錄存於此。）

蘇煒著述目錄

柳江南 編

《紅豆》（中山大學校園文學雜誌，1979–1980，第1—7期主編）

《網中人》（電影劇本，與吳曉南、毛鐵合著，1979，中山大學校園文學雜誌《紅豆》1980年1–2期連載，）

《渡口，又一個早晨》（長篇小說，1982，廣州《花城》雜誌第2—3期連載）

《遠行人》（短篇小說集，1988，北京十月文藝出版社）、

《西洋鏡語》（學術隨筆集），（1988，浙江文藝出版社）

《獨自面對》（散文集，2003，上海三聯書店），

《迷谷》（長篇小說，2006，北京作家出版社）

《米調》（長篇小說，2007，廣州花城出版社，曾被評入2004年中國最佳小說『排行榜』）

《歲月甘泉》（交響敘事合唱知青組歌，2008，廣州太平洋音像公司），

《走進耶魯》（學術隨筆集2009，鳳凰出版社），

《鐵漢金釘》（交響清唱劇劇本，2011，北京《中國作家》）；2019年10月1日和

10月6日，交響清唱劇《鐵漢金釘》在紐約卡內基音樂廳和加州斯坦福大學隆重上演。）

《天涯晚笛——聽張充和講故事》（二〇一三，廣西師範大學出版社，榮獲『二〇一三中國好書榜』）

《袞雪廬詩稿》（舊體詩詞集，二〇一五，廣東人民出版社）

《耶魯劄記》（二〇一七，江蘇鳳凰文藝出版社）

《聽大雪落滿耶魯：蘇煒自選集》（散文隨筆集，二〇二二，廣西師範大學出版社）

《磨坊的故事》（長篇小說，美國南方出版社）

《The Invisible Valley》（長篇小說《迷谷》英譯本，譯者溫侯廷（Austin Woerner），二〇一八，美國 Small Beer Press 出版社出版）

《渡口，又一個早晨》（長篇小說，二〇二一，美國南方出版社）

編餘綴語

劉中國

二〇一五年五月，蘇煒兄《哀雪盧詩稿》面世，反響頗巨，中山大學教授黃天驥先生《讀〈哀雪廬詩〉寄蘇煒君》褒勖有加：『高歌師友盞橫傾，點滴香留故國情。昔日揮戈懷武穆，如今采菊說淵明。春風曾記栽紅豆，夏雨忽來履薄冰。展讀華章心事湧，長籲吹落滿天星！』嶺南詩家朱帆老夫子賦詩評曰：『一卷雄篇醉老夫，淋漓酣暢古今無。敢從異域觀華夏，唯有蘇子哀雪廬。』蘇煒兄邀約恩師黃天驥、金欽俊先生以及吳鴻清、區進、王培楠、吳曉南、歐小衛、鐘慧玲、陳美華、倪臘松、夏和順諸君，康樂餐廳雅聚，酒過三巡，有學弟倡言：煒哥！再過幾年就是七秩榮壽啦，可編《哀雪廬詩稿續集》以紀念之。煒哥聞言舉杯，朗然一笑：老哥我記住了！

彈指間八年過去，吾輩『新三屆』息影江湖，優遊林下。蘇煒兄依然故我，滿面春風地站在耶魯講壇上，傳道，授業，解惑，對教書永葆一腔近乎宗教般的虔敬，用他的話說就是：『教書比天大！』猶記二〇一三年八月來寒舍茶敘，他在美國漢學家紀好弼（R. H.Graves）回憶錄《在華四十年》（*Forty Years In China*，一八九五年出版）扉頁題詞：『這

是一位令人尊崇的中西文化交流的先賢。今天，自己作為一位同樣處在一個文化傳道者角色位置上的華夏後輩，對中文名字為紀好弼的這位西人先哲，除了敬仰，還存有一分傳承中西文化香火的祈願。』他那次還說：『西方人常說我們沒有自己的「宗教信仰」，這實際上是個大誤會。我們的語言文字、文化傳統就是我們的「宗教」，就是我的「宗教信仰」。我中國文化的這種「宗教信仰」功能，春風化雨、潤物無聲，早已内化於中华儿女心中。我在耶魯執教多年，也可以說，我在耶魯傳教佈道，從事中華文化啟蒙，我所擔任的其實就是個「傳道士」角色。無論走到哪裡，從事什麼職業，我的「宗教」不變、「信仰」不變、「傳道士」角色不變。』他老兄非常享受自己的『傳道士』角色，他的耶魯課堂上，小說戲曲、詩詞歌賦、琴棋書畫之外，近年新添『國粹』麻將牌——金髮碧眼兒顧而樂之，偶作『方城之戲』。2021年，他的學生李逸斌（Jerry Lee）設立了一個耶魯年度獎學金——『蘇煒獎學金』（Su Wei Scholarship）。他老兄說，這個 Su Wei Scholarship，目前還只是一個2021—2022年度性的獎項，但既然有了這個開頭，希望它日後可以成為耶魯一個長久的獎項，『我期望至少在我退休以後能為此出一份自己的微力，再加上畢業學生們的支持，也許未來可以使這個 Su Wei Scholarship 成為耶魯校園內一個與中文學習有關的永久獎學金項目』。

蘇煒兄是個有名的『人來瘋』，而且『眼窩淺』，盛不住淚水，動輒感動得稀裡嘩啦——沒有『感動』，哪裡還有什麼『詩章』？他曾在一九四一年出版的《普里策獎詩選》（*Pulitzer Prize Poems*）這本『帶著歷史煙氣的詩集』扉頁題詞：『詩的生活與生活的詩，在當今這個世界已經快要消失了。我們仍舊頑強地相望她、堅守她，因為詩的存在，首先是人的存在，或者說，人的存在，就是詩的存在。』他老兄『眼窩淺』近例之一，莫過於二〇一九年榮獲耶魯大學的『理查·布魯海德最佳教學獎』（Richard H. Brodhead Prize for Teaching Excellence）了，自述『己亥春獲耶魯優秀教學獎歸家，一隻錦背蝴蝶飛臨身邊，徘徊不去。留影于微信朋友圈，親友俱言乃天上雙親之魂聞喜而至』。他的耶魯同事康正果先生賦詩祝賀：『蝶來人正喜，春去樹常青。非做莊周夢，先天化日靈。』『阿蒼熱淚眼，動輒欲盈眶。歲月熬磨久，甘泉回味長。』蘇煒兄《蝶臨翩雙翼——步韻正果兄》錄入本集：『蝶臨翩雙翼，一展眾山青。聞喜來天路，親魂托遠靈。』『雙親遙一念，熱淚忍盈眶。高閣淩煙短，悠悠流水長。』耶魯榮休教授孫康宜先生曾經說：康正果詩中所述『阿蒼熱淚眼，動輒欲盈眶』，正好說中了蘇煒一貫的赤子之心。孫先生還說：就我所知，蘇煒曾『捧著一顆心』閱讀一位中國作家的文章；他曾被鄭振鐸冒著生命危險去保存民族典籍的熱情感動得『淚水濕潤了』眼眶；他也為另一位中國作家的回憶文章『動容落淚』。

他平生最喜歡晚清詩人龔自珍，特別欣賞他那『落紅不是無情物，化作春泥更護花』的詩境，但卻沒有龔自珍那種『空山徒倚倦遊身』的落寞之感。

蘇煒兄當年奇跡般考入中山大學中文系，金欽俊先生是其『伯樂』（見《『人生緊要處』的引路人——記金欽俊老帥和我的『1977』》）；他一度執耶魯大學東亞系中文部之牛耳，孫康宜先生是當然的『伯樂』（見《聽大雪落滿耶魯》）代序《講臺的詩與香味——耶魯二十年記》——那個『特殊年代』放逐山林的小小少年『阿蒼』，要經受多少時代的鐵錘鐵砧『鍛煉』、品嘗多少異邦生存的『踹』（try）與『揣』（見《西洋鏡語》），『巧遇』多少中西文壇鉅子、學界耆宿乃至大德高僧的接力『加持』（哈佛大學費正清東亞中心前主任傅高義先生，稱蘇煒是『我們的「中國兒子」』），這才最終熔鑄成一個以『溫潤君子』著稱的作家、學者與詩人？故此，我們有理由期待他完成一部『精神自傳』。

近三年疫情起伏跌宕，蘇煒兄輾轉徘徊於『澄齋』與『衮雪廬』之間，《疫情雪中即感》有道：『玉塵萬斛蔽青霄，卷地罡風似雪燒。雁去林空柱黑立，琴來弦悵雲孤飄。點點梅香追遠夢，蕭蕭松吼壓瘋潮。扁舟昨夜掀篷處，依舊吹霜洗月橋。』該詩油然可見『君子人格』，正孔夫子所謂『君子固窮，小人窮斯濫矣』。疫情期間吾等足不逾戶，效井蛙窺天，好在，網路時代天涯比鄰，時常得以讀到他的詩文，觀瞻他臨摹的山水畫卷，洗滌心底積

下的半井筒烏煙瘴氣。去年九月中土疫情正熾，廣西師範大學出版社推出其散文名篇自選集《聽大雪落滿耶魯》，該書一經問世便榮登暢銷書排行榜，他老兄欣然自喜溢於言表，同窗好友亦大樂，幸有一冊《聽大雪落滿耶魯》在握，開卷拜讀，夢夢醒醒，吞納匯合，聚氣提神，居然『迎來新桃換舊符』——此乃平生臥讀療疾一大樂也。

鄒魯校長創建國立中山大學，篳路藍縷、以啟山林，曾刊行《澄廬詩集》（近見手抄本《澄廬運甓詩集》一種，署名『鄒魯近著』），彈指間母校百年華誕在即，這部詩集已成鳳毛麟角。今歲立春日，適逢蘇煒兄七秩華誕，《澄齋再稿——哀雪廬詩稿續集》書稿殺青，嶺南書法名家陳繼光先生欣然題寫書名，編輯出版過程中，方風雷、莊蓓、張燕民、劉春霞諸友襄助實多，聊綴數語以紀之。

二〇二三年四月十六日於深圳